全文萃珍

袁中郎先生批評唐伯虎彙集

〔明〕唐寅 撰
〔明〕袁宏道 整理

文物出版社

圖書在版編目（CIP）數據

袁中郎先生批评唐伯虎彙集 /（明）唐寅撰；（明）袁宏道整理. -- 北京：文物出版社, 2020.1
（奎文萃珍 / 鄧占平主編）
ISBN 978-7-5010-6286-7

Ⅰ.①袁… Ⅱ.①明… ②明… Ⅲ.①古典詩歌－詩集－中國－明代②古典散文－散文集－中國－明代 Ⅳ.①I214.82

中國版本圖書館CIP數據核字(2019)第198263號

奎文萃珍

袁中郎先生批评唐伯虎彙集　〔明〕唐寅　撰　〔明〕袁宏道　整理

主　　編：鄧占平
策　　劃：尚論聰　楊麗麗
責任編輯：李縉雲　李子裔
責任印製：張道奇

出版發行：文物出版社有限公司
社　　址：北京市東直門內北小街2號樓
郵　　編：100007
網　　址：http://www.wenwu.com
郵　　箱：web@wenwu.com
經　　銷：新華書店
印　　刷：藝堂印刷（天津）有限公司
開　　本：710mm × 1000mm　1/16
印　　張：23.25
版　　次：2020年1月第1版
印　　次：2020年1月第1次印刷
書　　號：ISBN 978-7-5010-6286-7
定　　價：150.00圓

序言

《袁中郎先生批評唐伯虎彙集》，明代唐寅撰，袁宏道評，四卷，明刻本。附外集一卷，依次含闕秀卿、徐禎卿、顧璘、王世貞所書《傳贊》一卷，《紀事》一卷，祝允明撰《墓誌銘》一卷。唐寅撰、何大成校《六如唐先生畫譜》三卷。半頁九行，行二十字，白口，四周單邊。

唐寅（一四七〇—一五二三），字伯虎，一字子畏，號六如居士、桃花庵主等，吴郡（今江蘇蘇州）人。據唐寅《六如居士集》卷七《志傳》《明史》卷三百八十七《文苑傳》等相關史料記載，明弘治十一年（一四九八）唐寅參加鄉試并高中解元，主考官梁儲和詹事程敏贊嘆：「一解首不足重唐生也」。晚年自詡「江南第一風流才子」，以詩詞、書法、繪畫聞名，尤以繪畫見長，與沈周、文徵明、仇英合稱「吴門四家」，其詩文造詣亦高，與文徵明、祝允明、徐禎卿并稱「吴中四才子」，詩文收入《六如居士集》。

袁宏道（一五六八—一六一〇），字中郎，又字無學，號石公、六休，公安（今屬湖北）人，歷任吴縣縣令、禮部儀制司主事、儀曹主事、吏部主事、稽勳郎中等官職。據《四庫全書總目提要》卷一百七十九《袁中郎集》記載，宏道與其兄宗道、其弟中道合稱「公安三袁」，在彼時文壇掀起了排抵「仿漢摹唐」的粉飾風氣。袁宏道追求放誕任真，主張「獨抒性靈，不拘格套」的詩歌創作，推崇民間通俗文學。後袁宏道崇尚以佛解儒，文風逐漸雅致，晚年愈發平易和順。流傳後世作品有《袁中郎全集》《袁中郎集箋校》《滿井游記》等。

由書前序言可知，此書爲袁宏道任吴中縣令時，有感于唐寅才華，在閲讀其詩詞著作和相關文章後，所進行的文學評論，力求『不爲子畏掩其短政』的客觀評價。書中以墨筆句讀、圈點，多於天頭處書寫評語，部分評論于原文字旁。因刻本印刷深淺不一，書中存在大量殘字破字。書中評語多集中在前三卷詩歌部分，内容上對其格律、用字、遣詞和意境等方面進行點評，如遇『梅梢三鼓月，柳絮一簾風』等佳句，便評一『好』或『妙』字，但評價不乏批評之詞，如『我住蘇州君住杭，蘇杭自古號天堂。東西只隔路三百，日夜哪知醉幾場』等類似於打油詩篇，袁宏道則毫不避諱地以一『俗』字評之。對於詩歌的用詞，袁宏道顯然也有自己的看法，如『十載鉛華夢一場』一句，他便將『鉛華』改作了『韶華』。在評論風格上，袁氏的語言盡顯直率，如『盡勝達官憂利害，五更霜裏佩黄金』中對於官員的描寫，袁斥其『管閑事』。再如『主人莫拒看花客，囊有青錢酒不賒』，袁則詼諧評論『也賒不動』。除作品評價外，袁宏道也對唐寅其人進行再評判，根據唐寅所寫《又與徵仲書》内容，袁評『真心實話，誰謂子畏徒狂者哉』，爲唐寅正名。總體而言，袁宏道在此書中對於唐寅文學作品的評論多爲閲讀中有感而發，屬於建立在評論者本人主觀理解基礎上的客觀評價。

此《袁中郎先生批評唐伯虎彙集》中國國家圖書館、清華大學圖書館、北京師範大學圖書館、中國人民大學圖書館、吉林大學圖書館、哈佛大學圖書館等館皆有收藏，或著録爲明刻本，或爲明萬曆刻本。

陳虹

二〇一九年九月

序唐子畏集

吳人有唐子畏者才子也以文名亦不專以文名余爲吳令雖不同時是亦當寫治生帖子者矣余嘗未治其人而今治其文大都子畏詩文不足以盡子畏

而可以見子畏故余之評隲亦
不爲子畏掩其短政以子畏不
專以詩文重也子畏有知其不
以我爲俗吏乎
公安袁宏道中郎父書

袁中郎先生批評唐伯虎彙集目錄

卷一

五言古詩六首

七言雜詩三十首

卷二

五言近體一十二首

五言排律一首

江南送春

與朱彥明諸子遊保叔寺

枕上聞鷄鳴　令圖爲王侍御

題畫　脊

題碧蘿軒

沈徵德飲予於報恩寺之霞鶩亭酒酣賦贈

正德乙卯承沈徵德顧翰學置酌禪寺見招

猥鄙孟酒狼籍作此奉謝

春月城西　散步

過閶寧信宿旅邸館人懸畫菊憮然有感因
題
題畫詩三十二首
題雜畫詩一十五首
寒雀爭梅　鵓鴿圖
題王母贈壽二首　題椿萱圖
嗅花觀音　題周東邨畫
題倪元鎮畫　題落花卷
題桑　題菊花三首
題自畫墨菊　題畫贈趙一蓬

題自畫卷二十一首

卷三

卷四

達磨贊　鍾惺贊

贊林酒僊書聖僧詩後

聯句

戊寅八月十四夜夢艸制其中一聯云

題畫竹三聯

附刻外集一卷

唐子畏墓誌銘　祝允明譔

傳贊四首　閻秀卿　徐禎卿　顧璘　王世貞譔

紀事二十條

袁中郎先生批評唐伯虎彙集

吳趨唐　寅著

公安袁宏道評

賦

嬌女賦

臣居左里有女未歸。長壯妖潔。聊賴善顧。態體多媚。窈窕不妒。既閑巧笑。流連雅步。二十尚小。十四尚大。見出行賈。長嫂持戶。日織五丈。罷不及莫。三丈縫衣。餘剪作袴。袍布胥絲。朕浥行露。負者下擔。行者佇路。

若擘

來歸室中嘖嘖怨怒策券折閱較索羡貲着屐入被
不食而嘔雙耳嘈雜精宕神怖形之夢寐彷彿會晤。
咀桂嚼杜比像陳賦螗蜩夏蛻。額廣平而春娥出眉。
脩眉揚而白雲懷山。黛浮明而朝星流離。目端詳而
華顬列犀。齒微呈而含桃龜脣。口欲言而菡萏承露。
舌含藏而蝦蟆蝕月。頰髮圓而蠆搖尾。鬢合風而
鴉翎齊奩飾虒妝而游魚吹日。口輔良而蝶翅輕暈。
鼻端中而恒月沐波。大宅黃而琵琶而項。肩削成而
蝤蠐嚙李。領文章而霧素一束。腰無瓣而鼠姑舒合。

體修長而酥凝脂結袒微傾而飛翎半擘爪有光而
玉鈎聯屈指節纖而蓮本雪素臂仍纓而角彈脫觸
履高墻而輕颺捲霧行褰裳而不花轉夜睡未明而
溫泉浸玉渠蘭湯而陽和駘宕醉妝翎而咏曰纔火
齊兮瑱木難簪鳴凰兮敘琅玕絡瑟瑟兮鈒指琢被
珠綏兮龍係臂珮璜而瀦兮褶翡翠金裾鈎兮纁曳
地襦黃潤兮袿方空締倒頓兮玉膏箭綦丹縠兮素
五綵屨炎炎兮倫無雙

金粉福地賦

位定高明補媧天以五石職俾貞觀。捧堯日以三靈。

四庫唐書。祕殿分球琳之賜。九州禹跡。丹書鑄帶礪

之文。館備鳳鸞之佳客。衛總虎貔之禁軍。載賦上居。

當清豁之曲。列陳支戟。倚赤山之氣。揆定星于北陸。

祭景日於南熏。饁粉釵金。借霜光於織女。移山變海。

假福地於茅君。竹苞矣而秩秩。木向榮而欣欣。由余

論劍。般輸運斤。屈戌垂環。朱提塗其獸鈕。觚稜戴又。

白蓉染其鬘紋。碧瑣離離。素女窺月中之影。白榆歷

屧青龍伏天上之羣麗抗嵩金名齊百子貯四姓之
良家延諸姑與伯姊鳴磔回廊蹀躞曲水行行細簡
石榴蹙抱柱之羃矗矗蔚墻渤馬繡凌波之靡婉孌
無名穠纖合軌賦成洛水陳王盡八斗之才夢出巫
山楚帝薦三盃之醴蝴蝶以胭脂作隊玉樓以芙蓉
爲蓋璠瀍疏潤演麗於九春拆木分輝流光於千里
香合麝臍痕匀獺髓九華妝僕長䌷楚國之蘅蘭八
寶鏡臺爛鬪武家之桃李映陽光而獨照攬輕塵而
四想習成雅步風細細而無聲學得宮妝月亭亭而

不倚麗戟先施賢過鄧曼冠南都之顏色充中庭之舞萬連環不解明珠度寺扶桑宮裏有夫婿之羨芳艸天涯無王孫之怨傳霓裳於廣寒織雲錦於霧漢常山罷玉釵之詠阿谷置銀瓚之觴繡幕闊兮春盃長夜錦衾燦兮宵燈獨且別有沙堤曲通南岸黃金建百尺之臺白玉作九成之觀屏裁雲母隔闕風而不疎梁鏤鬱金承朝陽而長爛珠幾錯三千之履紫綃垂七十之幔粵若富春樂彼韶年河陽之花似霰宜城之酒如泉分曹打馬對局意錢織錦賣姬薦朝

陽之亂卷衣泰女和夜月之霜寶藥賦綦履而雅步鉛花逐笑靨而同圓麗色難評萬樹過墻之杏韶光獨占一枝出水之蓮四坐吐茵無非狹客兩行垂珮共號神仙風裏擘衣接金星而燦爛月中試嘗倚玉樹而嬋娟青鳥黃鳥盡是瑤池之佳使大喬小喬無非銅臺之可憐單衫裁生仁之杏子鬆鬢擁脫殼之蟬蝶錦袖琵琶眼罥青於低頭金釵宛轉面發紅於近前一笑傾城今再傾國胡然而帝也胡然天樂何雕香舞衣裁縞步搖擁翠藏難郄火之珠充耳以黃

聯絡澄泥之寶鴛鴦在梁永錫難老金玉滿堂惟軀是保北門文學衙題鸞鳳上苑英華使稱花鳥秋千院落日五丈而花陰陰燈火樓臺月三更而人擾擾簾影內堂鎖聲別沼浮閒館於波心飛重闌於木杪沐池分北湖之新漲妝鏡開西山之濤曉屈曲回屏高低覆檐蜘蛛織三更之雨蘼蕪詠一庭之艸珠簾以珊瑚作鉤翠帳以芙蓉為褋左思解賦煉詞以十年豎亥健步尋源於三島神仙多戲造化無私海中之地可縮壺裏之天鮮窺萬里石塘貫八垓之機軸

三重銀戸入九曲之摩尼凌熇借地嘉禰分基東園
頌蛺蝶之噎矣。南浦賦芍藥之伊其。抱明月而長游。
乘清風而忘歸。畢媒珍異。總攝褒齊。洗神祖於八月。
飛車較於三危。漢帝望仙。空駐八公之蹤。淮王好士。
漫著三山之詞。仰看銀榜。俯鄣瑤池。高唇狀如日也。
弱水可以航之。合天淵於跬步。渾聖凡之二岐。兒稷
主人。實爲國華。食客三千之田氏。去天尺五之常家。
卯角領畱都之鎮。十年開扈從之銜。忘形下士。莊生
之鵬鷃。投身事主。介子之龍蛇。皋陶明允。吉甫柔嘉。

珠出胎而特瑩。玉絕肪而無瑕。明哲猶氷之生水。正直豈蓬之在麻。不忮不求。何所用而不臧。畫善畫美。將無譽之可加。游秋餘情。誦析枝之句。撫綏秉燕。縈樹之花。羅敷罷織。碧玉破瓜。神鸞作鴛。姮娥離二八之月。翳鵲成橋。天孫下七夕之車。釵珮相磨。笙歌遞出。晨鶯燕於雙肩。鬪黃花於半額。桃葉渡頭。鬧團扇之新聲。梅根渚上。邀長檣之行客。悠悠萬事付半爵之埃塵。默默微情。託一緘之朱碧。書將冶麗之叢。轉託高明之宅。後檻前軒。庥終南少室。樹號長春。酒名

千日猶二十士之入桃此四仙之居橘論道不殊謀揆
則一借王勃之風香江淹之筆且蘭成詠漢殿分香
刻葉爲題鄭公借衛竭雕蟲之薄技傾鉛華而盡述

惜梅賦

縣庭有梅株焉吾不知植於何時蔭一畝其疎疎香
數里其披披侵小雪而更繁得朧月而益奇然生不
得其地俗物混其幽姿前胥吏之紛拏後囚繫之嚶
呼雜物性之自適揆人意而非宜既不得薦嘉實于
商鼎效微勞于魏師又不得託孤根于竹間遂野性

于水湄，悵驛使之未逢；驚羌笛之頻吹，恐飄零之易及。雖清絶而安施？答循以爲妨賢也，而諷余以代之。嗟夫！吾聞幽蘭之美，端乃以當户而見夷，茲昔人所短。顧仁者之不爲，吾近數步之行，而假以一席之地，對寒艷而把酒，嗅清香而賦詩，可也。

樂府

短歌行

尊酒前陳，欲舉不能。感念疇昔，氣結心冤。日月悠悠，我生告遒。民言無欺，秉燭夜遊。昏期在房，蟪蟀登堂。

伐絲比簀歷永憂傷憂來如絲紛不可治綸山布谷
欲出無岐頻頻君亢燈燹莫絕無言不疾風思泣血
靏落飄飄鴉棲無巢毛羽單薄[illegible]伏維雛緣于素稷
灑掃中庭躑躅躑躅卻見華星來日苦少去日苦多
民生安樂焉知其他

相逢行

相逢狹邪間車室馬不旋雖言異鄉縣豈非往世緣
脫轂且卷韃高揖問君屋女弟新承寵兩大李延年
何以結歡愛渠盌出于闐女蘿與青松本是當纏綿

出塞二首

烽火照玄菟嫖姚召僕夫朱家薦遊虜刀鬪出黥奴

六郡良家子三輔弛刑徒笳度烏啼曲旗參虎落圖

寶刀裝鞞琫名駒被鏤渠縱金出孤竹飛旗掩二榆

妖雲壓亡塞珥月照窮胡勦兵收日逐潛軍執骨都

姑衍山重禪燕然石再刊功成肆郊廟雄郡郄分符

其二

烽火通麟殿嫖姚拜虎符馬聲分內廐旗影發前驅

六郡良家子三輔弛刑徒夜帳傳刁斗秋風感蟪蛄

功成築京觀。萬里血糊塗。

紫騮馬

紫騮垂素韁光輝照洛陽。連錢裁璧玉障泥圖鳳皇。

夜赴朔門會朔逐羽林郎。陰山烽火急展策願超驤。

驄馬驅

大格

悠悠驄馬驅道阻歲云晚。豈無同裘士念子不能飯。

木脫辭故枝去家日已遠。鳴雞戒前道夕暝猶驅蹇。

筋力已非舊淚下不可卷

俠客

闕絕　匪命　□國　□俠　家

俠客重功名。西北請專征。慣戰弓刀捷。酬知性命輕。
孟公好驚坐。郭解始橫行。相將李都尉。一夜出平城。

隴頭

隴頭寒多風。卒伍夜相驚。轉戰陰山道。踰度受降城。
百萬安刀靶。千金絡馬纓。日晚塵沙合。虜騎亂縱橫。

隴頭水

隴水分四注。隴樹雜雲烟。磨刀共歛甲。飲馬並投錢。
朔地風初合。交河冰復堅。寒禁不能語。烏孫掠酒泉。

咏春江花月夜

麝月重輪三五夜玉人聯袂出霧娥內家近製河汾曲樂府新諧役鄧歌十里花香通綵殿萬枝燈焰照春波不關仙客饒芳思晝短歡長奈樂何

春江花月夜二首

嘉樹鬱婆娑燈花月色和春江流粉氣夜水濕裙羅

其二

夜霧沉花樹春江溢月輪歡來意不持樂極詞難陳

五言古詩

白髮

清朝攬明鏡。玄首有華絲。愴然自感心。雨泣忽成悲。憂思固逾度。榮衞豈及衰。夭壽不疑天。功名須壯時。涼風中夜發。皓月經天馳。君子重言行。務力以自私。

伏承嚴吉王君以長句見贈作此爲荅

歲月信言邁。吾生已休焉。春滋未淹晷。暑退大火流。灑掃庭戶闕。整飾衣與裘。玄鳥樂高蔭。攀援聊淹留。仲尼悲執鞭。富貴不可求。楊朱泣路岐。彷徨何所投。

鬭蛩

孟夏蟋蟀鳴。白露零蔓艸。四時序相代。候物與何早。

游子尚寒襦佇聽傷懷抱隙景無淹晷壯志坐蕪老

夜中思親

玄序潛代運穠華不久鮮仰覩鴻雁征俯悼丘中賢
迅駕杳難追庭止念周旋殺身良不惜顧乃二人憐
嘉旨羞芰棗涕泗徒留連

傷内

凄凄白露零百卉謝芬芳槿花易衰歇桂枝就銷亡
迷途無生趣欵欵何從將曉月麗塵梁白日照春陽
撫景念疇昔肝裂冤飄揚

贈文學朱君別號簡庵詩

居敬以行簡。仲尼之所珍。易簡合至道。乃可臨夫民。邇來太朴散。瑣尾而頑嚚。朱君何所見。爰以簡自云。古人之詞寡。長者之情眞。言寡則可信。情眞則可親。皆是簡之要。料能體諸身。我欲君念茲。作詩爲重陳。

七言古詩

咏梅次楊廉夫韻

北風着面刮起霜。蜡月何處尋紅芳。瘦節曳盡湘竹節。雙鞋踏倒江莎芒。谿橋笑兀田塍裂。雪裏梅開梅勝雪不妨地上有微冰且是江南好明月羅浮仙子麗風韻廣平才人領花信胸中漫有鐵石腸眼前且看鴉雛鬟三更炙燈雁足釭十千沽酒蝌頭觴折得隴頭逢驛使先與天下領春王衲衣結鶉何愁冷醉眼模糊長不醒游遍西湖夜繼明休把東風負俄頃

題五王夜燕圖

積善坊中五王宅重樓複閣繩金碧大衾長枕共春秋鬭雞走狗連朝久花萼樓前夜開燕沈水凝烟燈吐燄列坐申王與岐薛讓皇降席同南面見翰琵琶

涼州歌當昔進御雜雲和宮聲並不屬商聲暴琵聲麤
少琶聲多獨有汝陽知律呂尚且把流離陳明主他日
回鑾蜀道中不教審聽鈴淋雨

題潯陽送別圖

宋落潯陽白司馬青衫掩骭宮僚下獻納親曾批逆
鱗忽以讒言弃於野當昔藩鎮在謀逆謀以如公不
易得欲濟時艱須異才瑣尾小人有何益讒言不用
昔事竟忠臣志士最堪悲一曲琵琶淚如把況是秋
風送別昔是非公論月紛紛不在朝廷在野人他日

江州茅屋底，年年伏臘賽雞豚。

席上答王履吉

我觀古昔之英雄，慷慨然諾杯酒中。義重生輕死知已，所以與人成大功。我觀今日之才彥，交不以心惟以面。面前斟酒酒未寒，面未變，心已變。區區已作老婦莊，英雄才彥不敢當。但恨今人不如古，高歌伐木矢滄浪。感君稱我為奇士，又言天下無相似。庸庸碌碌我何奇，有酒與君斟酌之。

七夕賦贈織女

忍態二字妙

神雲嬌嬌月離離帝子飄飄節故期銀臺極夜留魚鑰珠殿繁更繞鳳旗霧津鴛鴦將言就咸池沐髮會令聯合情忍態辭文席七襄仍弄昨朝絲

江南春次倪元鎮韻二首

梅子墮花茭孕筍江南山郭朝暉靜殘春襏襪試東郊綠池橫浸紅橋影古人行處青苔冷館娃宮鎖西施井低頭照井脫紗巾驚看白髮已如塵

人命促光陰急淚痕漬酒青衫濕少年已去追不及仰看鳥沒天凝碧鑄鼎銘鐘封爵邑功名讓與英雄

莖浮生聚散是浮萍何須日夜苦蠅營

姑蘇八詠

天平之山何其高巖巖突兀凌青霄風回松壑烟濤綠飛泉漱石穿平橋千峰萬峰如來笏巉巉巑巑相壁立范公祠前映夕暉盤空翠黛寒雲濕 右天平山

其二

高臺築近姑蘇城千年不改姑蘇名畫棟雕楹結羅綺面面青山如翠屏吳姬窈窕稱絕色誰知一笑傾人國可憐遺趾俱荒凉空林落日寒烟織 右姑蘇臺

淒絕

闌春二語妙

其三

昔傳洲上百花開，吳王游樂乘春來。落紅亂點溪流碧，歌喉舞袖相徘徊。王孫一去春無主，望帝春心歸杜宇。啼向空山不忍聞，淒淒芳艸迷烟雨。右百花洲

其四

花開爛熳滿郊塢，風烟酷似桃源古。千林映日鶯亂啼，萬樹圍春燕雙舞。青山寥絕無烟埃，劉郎一去不復來。此中應有避秦者，何須遠去尋天台。右桃花塢

其五

繁花漫道當年甚舉目荒凉秋色凜寶琴已斷鳳皇
吟碧井空留麋鹿飲響屧長廊故迹閑于今惟見苔
斑璘山頭只有舊時月曾照吳王西子顏 右響屧廊

其六

金閶門外楓橋路萬家月色迷烟霧譙閣更殘角韻
悲客船夜半鐘聲度樹色高低混有無山光遠近成
模糊霜華滿天人怯冷江城欲曙聞啼鳥 右寒山寺

其七

長洲苑內饒春色潑黛巒光翠如濕銀鞍玉勒鬬香

塵多少游人此中集薄莫山池風日和燕兒學舞鶯調歌當年勝事空陳迹至今遺恨流滄波 右長洲苑

其八

具區浩蕩波無極萬頃湖光淨凝碧青山點點望中微寒空倒浸連天白鴟夷一去經千年至今高韻人猶傳吳越興亡付流水空留月照洞庭船 右洞庭湖

花下酌酒歌

九十春光一擲梭花前酌酒唱高歌枝上花開能幾日世上人生能幾何昨朝花勝今朝好今朝花落成

秋艸花前人是去年身。去年人比今年老，今日花開又一枝。明日來看知是誰，明年今日花開否？今日明年誰得知，天旹不測多風雨，人事難量多齟齬，天旹人事兩不齊，莫把春光付流水。好花難種不常開，少年易老不重來。人生不向花前醉，花笑人生也是呆。

桃花庵歌

桃花塢裏桃花庵，桃花庵裏桃花仙。桃花仙人種桃樹，又摘桃花换酒錢。酒醒只在花前坐，酒醉還來花下眠。半醒半醉日復日，花落花開年復年。但願老死花酒間。不願鞠躬車馬前。車塵馬足貴者趣。酒盞花枝貧者緣。若將富貴比貧者。一在平地一在天。若將花酒比車馬。他得驅馳我得閑。別人笑我忒風顛。我笑他人看不穿。不見五陵豪傑墓。無花無酒鉏做田。

一年歌

一年三百六十日。春夏秋冬各九十。冬寒夏熱最難當。寒則如刀熱如炙。春三秋九號溫和。天氣溫和風雨多。一年細筭良辰少。況有難逢美景何。美景良辰儻遭遇。又有賞心并樂事。不燒高燭照芳尊。也是虛

生在人世古人有言達無哉勸人秉燭夜游來春宵一刻千金價我道千金買不回

一世歌

人生七十古來少前除幼年後除老中間光景不多旹又有炎霜與煩惱花前月下得高歌急須滿把金尊倒世上錢多賺不盡朝裏官多做不了官大錢多心轉憂落得自家頭白早春夏秋冬撚指間鐘送黃昏雞報曉請君細點眼前人一年一度埋芳草草裏高低多少墳一年一半無人掃

把酒對月歌

李白前昔原有月。惟有李白詩能說。李白如今已仙去。月在青天幾圓缺。今人猶歌李白詩。明月還如李白昔。我學李白對明月。月與李白安能知。李白能詩復能酒。我今百盃復千首。我媿雖無李白才。料應月不嫌我醜。我也不登天子船。我也不上長安眠。姑蘇城外一茅屋。萬樹桃花月滿天。

醉昔歌

地水火風成假合。合色聲香味觸法。世人癡呆認做

我惹起塵劳如海闊貪嗔[illegible]浮因緣妄想入
無明無明即是輪回始信步[illegible]身入火坑刮去求名
莫求利面作心欺全不計上[illegible]從平別鞋子方悕昨
朝搬戲鬼它人謀我我謀它冤冤相報不曾差一身
欠債還它債請君嘸錢去淹東種堪愛惜色堪貪它
家妻子自家男不是冤家頭不聚錢枷自有愛人擔
幾番死今幾番活大夢無憑閒聒聒都是自家心念
生無念無生即解脫死生無常繫雙足莫待這番重
瞑目人身難得法難聞如針投芥龜鑽木自補衲衣

求飯喫。此道莫稚行不得。拚却這條窮性命。不成些事何須借。數息隨止界還靜。修願修行入眞定。空山落木狼虎中。十卷楞嚴親考訂。不二門中開鎖鑰。烏龜生毛兎生角。諸行無常一切空。阿耨多羅大圓覺。一念歸空拔因果。落空見仍遭魔。禪人舉有着空魔。猶如避溺而遭火。[illegible]說有說無皆是錯。夢境眼花尋下落。翻身跳出斷腸坑。生滅滅已寂滅樂。

怡古歌

人心不古今非昨。大雅所以久不作。這點兒歎生厭不觚良爲眞純日雕琢大禹寶鼎沉泥沙宣王石鼓已剥落世間耳目細時俗見安能免齷齪沛國劉君天下賢形體則人心則天好尚獨與昔俗異神游直出羲農前三王制作列鼎彝四壁圖画飛雲烟汗牛充棟不可計怡然尊履於其間君之此志無人識我將管蠡聊窺測心期欲見古之人不見古人愛古物漢唐蕭曹與房杜夏商伊周并契稷上下三千六百年與君同心復同德

焚香默坐歌

讀書假道學　以詩言證　儆理哭妙　亦妙用筆字

焚香默坐自省己口裏喃喃想心裏心中有甚害人謀口中有甚欺心語爲人能把口應心孝弟忠信從此始其餘小德或出入焉能磨涅吾行止頭插花枝手把盃聽罷歌童看舞女食色性也古人言今人乃以之爲恥及至心中與口中多少欺人沒天理陰爲不善陽掩之則何益矣徒勞耳請坐且聽吾語汝凡人有生必有死死見先生面不慚才是堂堂好男子

解惑歌

紛紛眼底人千百或學神仙或學佛學仙在煉大還

丹學佛來尋善知識彼要長生享富豪此要它生饒利益忠孝于其道不同且把將米桂東壁我見此輩貪且癡漫作長歌解其惑學仙學佛要心術心術多從忠孝立惟孝可以感天地惟忠可以貫金石天地感動金石開證佛登仙如芥拾佛知過去未來事仙有通天徹地力任你嘍囉閃躲高這兩箇人瞞不得神仙福地是蓬萊釋迦天宮覽兜率不在西天與東海只在人心方只尺

世情歌

公十須半劉方广信冥錄

淺淺水長長流來無盡去無休翻海狂風吹白浪接天尾閭吸不收即如我輩住人世何榮何辱何樂何憂有昔邯鄲夢一枕有昔華胥酒一甌古今興亡付詩卷勝負得失歸松楸清風明月用不竭高山流水情相投黄葵自蝴蝶蘭菊自春秋我今視昔亦復爾後來還與今昔侔君不見東家暴富十頭牛又不見西家暴貴萬戶侯雄聲嚇勢撼九州有如洪濤洶湧世界欲動天將浮忽然一日風打船斷蓬絕纜無少留桑田變海海爲洲昔昔聲勢空喧啾嗚呼何如淺

綠水長長流。

漁樵問答歌

漁翁舟泊東海邊。樵夫家住西山裏。兩人活計山水中。東西路隔萬千里。忽然一日來相逢。滿頭短髮皆蓬鬆。盤桓坐到日卓午。互相話說情何濃。一云深山不大木中有猛獸。喫人肉。不如平園采短薪。無慮無憂惠無辱。一云江水有巨鱗。滔天波浪驚殺人。不如蘆花水清淺。波濤不作無怨心。吾今與汝要知止足。事中關憂謹始。生意宜從穩處求。莫入高山與深水。

折花歌

昨夜海棠初着雨，數朶輕盈嬌欲語。佳人曉起出蘭房，折來對鏡比紅妝。問郎花好奴顏好，郎道不如花窈窕。佳人見語發嬌嗔，不信死花勝活人。將花揉碎擲郎前，請郎今夜伴花眠。

説得有理

詠漁家樂

世泰皆豐芻米賤，買酒頗有青銅錢。夕陽半落風浪靜，舟船入港無危顛。烹鮮熱酒招知己，滄浪迭唱仍扣舷。醉來舉盞酹明月，自謂此樂能通仙。遥望黄塵

道中客富貴於我如雲烟

悵悵詞

悵悵莫怪少昔年百丈游絲易惹牽何歲逢春不惆悵何處逢情不可憐杜鵑梨花盃上雪灞陵芳艸夢中烟前程兩袖黃金淚公案三生白骨禪老後思量應不悔衲衣持盋院門前

七夕歌

人間一葉梧桐飄蓐收行秋同斗杓神官召集役靄龍直渡銀河橫作橋河東美人天帝子機杼年年勞

玉指纖成雲霧紫綃衣辛苦無歡容不理帝憐獨居
無與娛河西嫁與牽牛夫自從嫁後廢織紝綠鬢雲
鬟朝莫梳貪歡不歸天帝怒責歸却踏來昔路但令
一歲一相見七月七日橋邊渡別多會少如奈何却
憶從前歡愛多匆匆萬事說不盡玉龍已駕隨羲和
河橋霧宮催曉發令嚴不可輕離別便將淚作雨滂
沱淚痕有盡愁無歇吾言織女君莫嘆天地無窮會
相見猶勝姮娥不嫁人夜夜孤眠廣寒殿

袁中郎先生批評唐伯虎彙集卷之一終

袁中郎先生批評唐伯虎彙集

吳趨　唐　寅著

公安　袁宏道評

五言近體

聽彈琴詩

高厦列明燈。展瑟復張琴。柔絲亂弱指。遞節赴繁音。寶雁難齊布。金星合漫尋。相逢且相樂。不惜解羅襟。

送王履約會試

雨雪關河晚。風沙鴻雁來。送君將寶劍。攜手上金臺。

錦繡三千牘天人第一才楊雄新賦就聲價重蓬萊

游焦山

亂流尋梵刹灑酒瀉襟期西北分天塹東南鈌地維
高臺平落鶩清磬起潛螭千古基王業來游有所思

桃花庵與祝希哲諸君同賦五首

茅茨新卜築山木野花中燕㛼泥銜紫徂公果獻紅
梅梢三鼓月椰絮一簾風匡廬與衡岳彷彿夢遊
列五分高下栖盤集俊賢五陵遊俠逸四姓號神仙
春月襟期好秋風下射聯遙知文集處伐木有詩篇

泉源深透迤嘉樹亂芳妍地緉武陵脈脈軒崗鬱藍天

寄情聯蚱蜢隨手奏箎舲別誤游仙調臨池促管絃

野

借問竹谿逸今見竹谿亭陳跡難題品清風尚典刑

密叢圍曲砌高節映疎櫺借看應容我西風兩眼青

六尺青苔骨飄飄稱醉眠不勞人荷鍤喜有葉如氊

野

白眼西風裏黃花小徑邊囌聲多伴侶可惜一陶然

馬

天上飛龍廐關西犢鼻騶承恩披玉毳弄影落金溝

若

舞獻甘泉酒驕嘶內苑花丹青流落處駑馬尚堪誇

送行

牢落三盃酒飄飄一葉舟行人還遠路寒色上貂裘
此日傷離別還家足唱酬蕭齋頻掃榻爲我醉眠謀

題畫

鞋襪東城路清和四月旹游姬香滿袖明月水平池
畫燭雷錫而酸風颭酒旗少年行樂地不許衆人知

題谿山疊翠卷

春林通一徑野色此中分鶴跡松陰見泉聲竹裏聞
岫青經宿雨山紫帶斜曛采藥知何處柴門掩白雲

五言排律

賀松郡伯壽誕

傳相騎箕宿，申侯降岳神。百年生國士，一德格天人。君子弘斯道，皇皇福下民。登庸第高等，簡在命來鄰。冀北空豪傑，江南失屢貧。席香畱粉署，露冕駕朱輪。襦袴今歌惠，絲綸待秉鈞。初筵稱誕節，獻歲發陽春。進酒稽擎玉，行厨餔擘麟。蕪詞何以祝，海底看揚塵。

七言近體

登吳王郊亭

昔人築此不論稱今日牛牟向上行吳兒越女齊聲唱菱葉荷花無數生南山含雨看俱潤西湖映日學同平本由萬感銷非易詎言哀樂過羣情

仲夏三十日陪弘農楊禮部丹陽都隱君虎丘泛舟

朱明麗景屬炎州蘭橈桂檝遂娛遊逐蔭追飈暫容與回波轉藻若夷猶日永綺霞斂光發山入仙桮酒氣柔幸奉瑤麈論所願皓首期言伏此丘

遊金山

可作金山譜

孤嶼崚嶒插水心，亂流攜酒試登臨。人間道路江南北，地上風波世古今。春日客途悲白髮，給園兵燹廢黃金。闍黎肯借翻經榻，燃雨來聽龍夜吟。

大

焦山

鹿裘高士帝王師，井竈猶存舊隱基。日轉露臺明野溆，潮隨齋磬韻江渚。天從西北開天塹，地到東南缺地維。翹首三山何處所，御看身世使人悲。

廬山

匡廬山高高幾重，山雨山煙濃復濃。移家未住屏風

宜騎驢[illegible]

采松古句留星磨歲月讀之漫滅爲修容

嚴灘

漢皇故人釣魚磯，魚磯猶昔世人非。青松滿山響樵斧，白舸落日曬客衣。眠牛立馬誰家牧，鸂鶒鸕鷀無數飛。嗟余漂泊隨饘粥，渺渺江湖何所歸。

觀鰲山四首

禁籞森嚴夜沈寥，燈山忽見翠岧嶢。六鼇並駕神仙府，雙鵲聯成帝子橋。星振珠光鋪錦繡，月分金影亂璚瑤顧身已自登緱嶺。何必秦姬奏洞簫。
金吾不禁夜三更。寶斧修成月倍明。鳳蠟燈枝開夜殿。龍銜火樹照春城。蓮花捧上霓裳舞。松葉纏成鰲戲棚。栢進紫霞君正樂。萬民齊口唱昇平。
仙殿深嚴號太霞。寶燈高下綴霧柤。沉香連理三珠樹。結綵分行四照花。水激葛陂龍化杖。月明緱嶺鳳隨車。簫韶沸處開宮扇。法仗當墀雁隊斜。
上元佳節麗仙都。內殿歡游帳虜圖。壁際金錢銜鸞鷟。水中銕網出珊瑚。鼓將百戲分為埒。燈把三山摯

不作落花而言落花之人之意

入壺。不是承恩參勝賞。歌謠安得繼康衢。

霜中望月悵然興懷　以下新軒

高天綠色靜沈沈。銀月飛光綠霧深。來鴻去雁無留影。鳴機急杵動愁心。太液珠迷海影照扶桑雪作林。不是士生悲宋風。自緣風物重霑衿。

和沈石田落花詩三十首

今朝春比昨朝春。北阮翻成南阮貧。借問牧童應沒酒。試嘗梅子又生仁。六如偶送錢塘妾。八斗才逢洛水神。多少好花空落盡。不曾遇着賞花人。

夕陽芳草寄悠悠。春事驚看又轉頭。淅瀝風光搖弹樹。驂驔時節逐川流。臨階忍數指千片。遶樹空頻繡半鈎。九十繁華梭脱手、多情又作一番愁、

忍把殘紅掃作堆。紛紛雨裏毀垣頹。蛉蜊上市驚新味。題鴂催人再洗盞。豈唱驪歌送春去。悔教羯鼓徹明催。欄開聽我平添老。知到年來可欄開。

能賦相如已倦游。傷春杜甫不禁愁。頭扶殘醉方中酒。面對飛花倚徧樓。萬片風飄難割舍。五更人起可能留。妍媸雙脚撩天去。千古茫茫土一丘。

芒鞋布襪罷春游粉蝶黃蜂各自愁池面風回公族
醉西頭人向鞠場休膠黏日月無長策酒對荼蘼有
近憂蘇小堤頭試翹首碧雲莫合隔紅樓
谿水東流日轉西杏花零落草萋迷山翁既醒依然
醉野鳥如歌復似啼六代寢陵埋國媛五侯車馬鬪
家嫫隣東謝卻看花伴陌上無心手共携
春歸不得駐須臾花落仍知剩有無新艸漫侵天際
綠衰顏又改鏡中朱映門未遇偷香掾鑿洞番成逐
臭夫無限傷心多少淚朝云土眼應枯

蟄燕還巢未定時山翁散社醉扶兒紛紛花事成無賴默默春心怨所私雙臉胭脂鬪北地五更風雨葬西施臣林自拂眠青書一縷茶煙颺鬢絲

春盡愁中與病中花枝遭雨又遭風鬢邊舊白添新白樹底深紅換淺紅漏刻已隨香篆了錢囊甘為酒枵空向來行樂東城畔青草池塘亂活東（活東一名蝌蚪爾謂之蝦蟆子）

瞿徽自寫鏡中真洛水誰傳賦裏神節序推移比彈指鉛華狼籍又辭春紅顏仙悅三生骨紫陌香消一丈塵遠樹百迴心語戶明年勾管是何人

簇簇雙攢出覩眉。滄淹獨立曲欄時。千年青塚空埋怨。重到玄都好賦詩。花籠酒香燒柿葉。畫梁燈暗落塵絲。尋芳了卻今年債。又見成陰子滿枝。

花開共賞物華新。花謝同悲行跡塵。可惜錯拋傾國色。無緣逢着買金人。熒熒燮水移前淚。渺渺游寬樹底春。一髮悲歡因色相。欲從調御懺癡嗔。

天涯瞻盼碧雲橫。春社園林紫燕輕。桃葉參差誰問渡。杏花零落憶題名。日高蘚雜蝸黏壁。雨過鶯啼葉滿城。邀得大堤諸女伴。踏歌何處和盈盈。

節當寒食半陰晴。花與蜉蝣共死生。白日急隨流水去。青鞋空作踏莎行。收燈院落雙飛燕。細雨樓臺獨轉鶯。休向東風訴恩怨。自來春夢不分明。

紅塵拂面望春門。綠草齊腰金谷園。鶴篆遍書苔滿徑。大聲遥在月明風。院院深籠鎖細雨紛紛欲斷魂。拾得幾紅忽撇咸頭上伴銀旛。

春來赫赫去忽忽。刺眼繁華轉眼空。杏子單衫初脫暖。梨花深院自多風。燒燈坐盡千金夜。對酒空思一點紅。倘是東君問。雁心情說在雨聲中。

[illegible]　卷二

舊酒新啼滿袖痕爲香惜玉竟難存鏡中紅粉春風
面燭下銀屏夜雨秋奔月已沸丹換骨墜樓端把苑
洲恩長洲日莫生芳艸消盡江淹黯黯魂
嗚嗚曉角起春城巧作東風撼地聲燈照檐花開且
落鴉棲庭樹集還驚紅顏不爲琴心駐綠酒休辭盞
面盈黙對妝奩開自較鬢絲又見一年贏
萬紫千紅莫謾誇今朝粉蝶過鄰家那君偏遇毛延
壽高祚不憐張麗華深院青春空自鎖平原紅日又
西斜小橋流水閒邨落不見啼鶯有吠蛙

淵堂歡笑强相陪別有愁腸日九回時序梁燕飛年華偏變隙駒催香消衣帶傷腰瘦夢斷遼陽沒信來門掩黃昏花落盡半酥且薦掌中桮貌嬌命薄兩難全月暗花殘謝世緣年老盧姬悲晚嫁日高黃鳥喚春眠人生自古稀七十斗酒何論價十千痛惜穠纖又遲莫好燒銀燭覆艇舩花落花開總屬春開時休羨落休嗔好知青艸骷髏冢就是紅樓掩面人山展已教休泥蠟紫車從此不須巾仙塵佛劫同歸盡墜處何須論廁茵

亞字城邊麋鹿臺春深情況轉幽哉嬖衣玉貌乘風
去對酒蓬窗帶雨推結子桃花如雨落挾蜼蝴蝶過
墻來江南多少閒庭舘朱戶依然鎖綠苔
桃蹊李徑謝春榮斗酒芳心與夜爭陌上新楊麴塵
首墻頭圓月玉盤傾青帘巷陌無行跡纖裙腰殷覺
瘦生莫道無情何必爾自緣我輩正鍾情
惻惻悽悽憂自憐花枝零落鬢絲添週遮燕語春三
月蕩漾波紋日半簾病酒不堪朝轉劇聽風且喜晚
恬綠楊影裏著苔上爲無雨殘紅手自拈

楊柳樓頭月半規笙歌院裏夜深時花枝的的難長
好漏水丁丁不肯遲金釧褪籠新藕滑翠尋倉匳映小
蛾垂風情多少愁多少百結愁腸說與誰
春朝何處黙凭闌庭艸驚看露已團花拚淚絲飛點
點絮飛眼纈望漫漫青當無意開孤櫃帶有何心綰
合歡且喜殘叢猶有在好隨脩竹報平安
桃花淨盡杏花空開落年年約畧同自是節臨三月
莫何須人恨五更風撲檐直破簾衣碧上砌如敷地
鋪紅拾向研羅方帕裏鴛鴦一對正當中

春夢三更雁影邊香泥一尺馬蹄前難將灰酒灌新愛只有書囊報可憐深院料應花似霰長門愁鎖日如年憑誰對却開桃李說與悲歡石上緣

花朵憑風着意吹春光弃我竟如遺五更飛夢環巫峽九畹招魂費楚詞衰老形骸無昔日凋零草木有榮時和詩三十愁千萬此意東君知不知

晨起

帘帳空明煖氣生布衾柔軟曉寒輕半窗紅日插松影一甌黃粱煮浪聲殘睡無多有滋味中年到底没

心情世人多被雞催起自不由身爲利名

。。贈南野

野人茅屋向陽開。辦織雙扉土築臺。儻有雞豚供伏臘。喜無士步到蒿萊。曉依寒日暴毛褐。夜對中星舉酒盃。我亦陸沈斯世者。賞鄰何日許相陪。

江南送春

細雨濛濛復送春。倦游肌骨對宗人。一番櫻筍江南節。九十光陰鏡裏塵。夜與琴心爭蜜燭。酒和香篆送花神。東君類我皆行客。萍水相逢又一巡。

與朱彦明諸子同游保叔寺

便輿銜尾試聽汀蘭若從頭遍扣扃晨唄香凝通殿霧夜漁燈散滿湖星登高新酒傾鄰白弔古空山鳥帝青又算一番行樂處詩成吟與故人聽

竚

枕上聞雞鳴

三通鼓角四通雞曙色尒高月色低時序新冬又春夏舟車南北更東西鏡中次第人顏老世上參差不齊若向其間尋穩便一壺濁酒一餐虀

徐傚
似逵

西疇圖爲王侍御作

妙

銕冠仙史隱城隅西近平疇宅一區準例公田多種秫不教詩興敗催租秋成爛煮長腰米春作先驅了髮奴鼓腹年年歌帝力不須祈穀幸操壺

題畫

湖上仙山闊渺茫世塵不上度頭航白蘋開處藏漁市紅葉中間放鹿場落日流沙留有影新霜着樹橘生香遥聞遊老經行處芝草葳蕤滿路傍

元宵

有燈無月不娛人有月無燈不算春春到人間人似

玉燈燒月下月如銀滿街珠翠游邨女沸地笙歌賽社神不展芳尊開口笑如何消得此良辰

題碧藻軒

畫堂甚構畫船通碧水漣漪碧藻叢波弄日光翻上棟窗含煙景直浮空簾垂菡萏花開上魚戲闌干倒影中試倩詩人畧評品不妨喚作水晶宮

沈徵德飲予於報恩寺之霞鶩亭酒酣賦贈

水檻涵虛六月風豪英相聚一尊同水光錯落浮瓜綠日影玲瓏透樹紅蔭以上延尊讓客喜聞新契在

霄宮雲衢萬里諸公去馬笠不知何處逢

正德己卯承沈徵德嶺翰學置酌禪寺見招猥鄙梧酒狼籍作此奉謝

陶公一飯期冥報杜老三桮欲托身今日給孤園共醉古來文學士皆貧就題律句紀行跡更乞侯鯖賜美人公道吾癡吾道樂要知朋友要情真

春日城西

衣試新裁襪試穿闔閭城外莫春天開書朱墨鄉郵旆互界青黃菜麥田食祿有方生樂土太平無象是

豐年兆民仰賴君王慶難報惟擎額上拳

散步

吳王城裏柵成畦齊文門前水掐堤賣酒當壚人裊娜落花流水路東西平頭衣襪和鞋試弄舌鉤輈繞樹啼此是吾生行樂處若爲詩句不畱題

松陵晚泊

晚泊松陵繫短篷埠頭燈火集船叢人行煙靄長橋上月出蒹葭漫水中自古三江稱禹跡波濤五夜起秋風鱸魚味美鄉醪賤放筯金盤不覺空

務

領解後謝主司

壯心未肎逐漁樵。泰運咸思備掃除。劍責百金方折閱。玉遺三獻怨沽諸。紅綾敢望明年餅。黃絹深慚此日書。三策舉場非古賦。上天何以得吹噓。

送李尹

征途驅策信良堅。祖席驪歌散曉煙。花滿邑中無犬吠。塵凝梁上有魚懸。毋游綠地胥詩榜。只把清風析俸錢。遺愛在民齊仰望。青雲一鶚正喬遷。

長洲高明府過訪山莊失於迎迓作此奉謝

[illegible]

筆驅雞上樹避鳴騶望塵有失迎車拜掃徑還期下

榻莫道腐儒貧徹骨濁醪猶可過墻頭

和雪中書懷

窗撲春蛾雪打團梧浮綠蟻酒銜寒挑來野菜和根

煮尋着江梅帶蘚搬暗笑無情牙齒冷熟看人事眼

睛酸筋骸誰健頭顱老脫屣塵埃已不難

壽嚴氏望母八十

八旬慈母女中仙九轉丹成妙入玄階聯彩衣娛自

髮月明黃鶴下青天蛻縣錦帶遥稱誕酒瀲金巵共
祝遐壽算欲知多少數蟠桃一熟九千年
桃花庵與希哲諸子同賦三首
完無剥刻古頑蒼名借平泉出贊皇合寘真賓筵銘敬
德從來洙郡戒沈菟屈原特立昭忠節王績冥迹入
醉鄉付與子孫爲砥礪豈因快適縱龍觴
傲吏難容俗客陪對談惟鶴夢惟梅羽衣性野契徧
合袈帳更寒曉未開長嘯九皋風淅淅高眠一枕雪
皚皚滿腔清思無人定付與詩篇細剪裁

萬疊奇峰一片雲纖纖鳥道合還分江山只在晴時出笑語傳從別處聞遥望盡疑蛟蜃氣近來每有鹿麋羣登臨未擬何時節我欲一探星斗文

言懷二首

田衣稻衲擬終身彈指流年了四旬善亦懶爲何況惡富非所望不憂貧山房一局金藤着野店三杯石凍春只此便爲吾事辦半生落魄太平人

笑舞狂歌五十年花中行樂月中眠漫勞海内傳名誹論腰間缺酒錢詩賦自慚稱作者衆人多道我

人仙些須做得工夫處莫損心頭一寸天

別劉伯時

一別光輝二十年中間消息兩茫然忽銜敕命來英苑過訪貧家值著天晴上青雲看鶴馭橋臨紅燭語蟬連料知別後應相念盡贈江東日暮煙

寄鄧雲帆

我住蘇州君住杭蘇杭自古號天堂東西只隔路三百日夜那知醉幾場保叔塔將湖影浸館娃宮把麝臍香只消兩地堪行樂若到他鄉沒主張

雨中小集

煙簑風笠走輿臺邀取羣公赴社來蕉葉共聽窗下雨蟹螯分弄手中桮能容緩頰卿夫子戲譴長眉老辨才酒散不妨無月色夾堤燈火棹船回

花月吟效連珠體十一首

有花無月恨茫茫有月無花恨轉長花美似人臨月鏡月明如水照花香泆節月下尋花步携酒花前對月嘗如此好花如此月莫將花月作尋常

花香月色兩相宜惜月憐花卧轉遲月落漫憐花送

酒花殘還有月催詩隔花窺月無多影帶月看花別
樣姿。多少花前月下客。年年和月醉花枝。
月臨花徑影交加。花自芳菲月自華。愛月眠遲花尚
吐。看花起早月方斜。長空影動花迎月。深院人歸月
伴花。羡卻人間花月會。燃花點月醉流霞。
春宵花月直千金。愛此花香與月陰。月下花開春寂
寂。花稍月轉夜沉沉。栖邀月影臨花醉。手弄花枝對
月吟。明月易虧花易老。月中莫負賞花心。
花開爛熳月光華。月思花情共一家。月爲照花來院

好

落花因隨月上窗紗十分皓色花輪月一徑幽香月讓花花月世間成二美傍花賞月酒須賒

一庭花月正春宵花氣芬芳月正饒風動花枝探月影天開月鏡照花妖月中漫擊催花鼓花下輕傳弄月簫只恐月沈花落後月臺花榭兩蕭條

高臺明月照花枝對月看花有所思今夜月圓花好人去年花病月虧時飲梧酬月澆花酒做首評花鬬月詩沈醉欲眠花月下只愁花月笑人癡

花發千枝月一輪天將花月付閒身或爲月主爲花

霽　好

主纔做花賓又月賓月下花曾閒我酌花前月不厭人貪好花好月知多少弄月吟花有幾人月轉東墻花影重花迎月兒若爲容多情月照花間露解語花揉月下風雲破月窺花好處夜深花睡月明中人生幾度花和月月色花香處處同花正開時月正圓花如紅錦月如銀溶溶月裏花千朵燦燦花迎月一輪月下幾般花意思花間多少月精神待看月落花殘夜愁殺花前問月人春花秋月兩相宜月競光華花競姿花發月中香滿

樹月籠花外影交枝梅花月落江南夢桂月花傳郢曲詞花卻何情月何意我隨花月泛金巵

漫興

按戒庵老人漫筆云唐伯虎漫興十首余見其親筆行書者兩處互有不同想隨意點竄未有定者因並錄之今刪剩十首

悲壯

十載鉛華夢一場都將心事付滄浪內園歌舞黃金盡南國飄零白髮長髀裏肉生悲老大斗間星暗誤文章不才剩得腰堪把病對緋桃檢藥方

久遭名累怨青衿半壁藤蘿纏帶斷去日苦多休撿曆知音諒少莫修琴平康驢背駝殘醉穀雨花擔費

歸吟。已向酒搭棊局畔，此生何望不甘心。驅馳南北幾迴歷，盤鬢衰衫整前巾。滿點落花俱盡

好

恨。滿橋明月伴愁貧。香燈不起維摩病，櫻筍難消穀雨。春鏡裏自看成一笑。半生偏偏局中人。

棒舁行吟水上樓。不堪回數少年游。兩更中酒半淋

羈旅

病。三月傷春滿鏡愁。白面書生期馬革，黃金說客剩貂裘。年來蹤跡尤飄泊，飛葉衝波細雨舟。說客一作遊客

造物何嘗苦忌名。太平端合老無能。交游零落綈袍冷。風雪飄颻尾鐙冰。二頃未謀田負郭，一餐隨分欲

依僧醉時試倩家人道消盡粗疎氣未肯

不煉金丹不坐禪半隨時俗半隨緣生涯畫筆兼詩筆蹤跡花船與酒船鏡裏形骸春共老燈前夫婦月同圓東家歡樂西家醉天上閒星地上仙

此生甘分老吳閶寵辱都無剩有狂秋榜才名標第一春風絃管醉千場跏趺說法蒲團軟鞋襪尋芳杏酪香只此便爲吾事了孔明何必起南陽

平康巷陌倦游人狼籍桃花中酒身短夢風煙千里箇多情絃索一牀塵黃金誰買長門賦黛筆難描漁

額纚樵有所歎知此意對燒高燭賞餘春

落見迂疎自可憐焚香掃榻枕書眠張儀捫頰猶存舌越壹探囊已沒錢滿腹有文難罵鬼措身無地反憂天多愁多恨多傷壽且夠深杯看月圓

謝遣歌兒解臂鷹半瓢詩稾一枝藤難尋萱艸酬知已且摘蓮花供聖僧時事百年蝸角戰酒杯三月鳳頭燈盡嘗世味猶存否茶薺隨緣敢愛憎

正旦大明殿早朝

繡傘齊擎御道中鳴鞭將下息朝鐘仙班接仗星辰

近法駕臨軒雨露濃百尺采恩宿威鳳九重閶闔擁
神龍履新萬國朝元月堯德無名祝華封

歲朝

海日團團生紫煙門聯處處揭紅箋鳩車竹馬兒童
市椒酒辛盤姊妹筵鬟插梅花人蹴踘架垂絨線院
秋千仰天願祝吾　皇壽一箇[illegible] [illegible]借一年

閶門即事

世間樂土是吳中中有閶門又擅雄翠袖三千樓上
下黃金百萬水西東五更市賈何曾絕四遠方言總

不同。若使畫師描作畫，畫師應道畫難工。

春日寫懷

新春蹤跡轉飄蓬，多在鶯花野寺中。昨日醉連今日醉，眠燈風接落燈風。苦抛險韻邀僧和，懶簇薰籠與妓烘。寄問社中諸契友，心情可與我相同。

檢齋

[illegible][illegible]采文分作

檢束斯身益最深，檢身還要檢諸心。鞠躬暗室如神在，恭己虛齋儼帝臨。視聽動言皆有法，盂盤几席盡書箴。遥知危坐焚香處，默把精微義理尋。

五言絶句

題林木竹石

翠竹並奇石，蒼松帶古柳。明窗坐相對，試問與如何。

好

美人蕉

大葉偏鳴雨，芳心又展風。愛他新綠好，上我小庭中。

好

題畫四首

好

晚雲明漏日，春水綠浮山。半醉騎驢行，緩洞庭遺樂

淡靄淼山腰，清風集樹梢。聽泉人背靜，竚立面橋

落日山逾碧，孤亭景自幽。蒼江寒更急，容與自中流。

蒼一作滄

虚亭林木裏。傍水看闌干。試展蒲團坐。葉聲生早寒。

七言絶句

宮詞

重門晝掩黄金鎖。春殿經年歇歌舞。花開花落悄無人。强把新詩教鸚鵡。

五陵

五陵昔日繁華地。今日漫天蔓青蔓艸不除。陵寢廢。當時一寸與人爭。

馬二首

平原抛轡秣駒駼　𩥇翦柔弦射鷓鴣　誰把丹青弄閑
劇　頓將紫塞畫成圖

艸軟沙平桃李開　春風先到李陵臺　雪中一陣烏鴉
起　知是胡雛打獵來

題芭蕉仕女

蹙額朱扉小院深　綠窗含霧靜愔愔　有人獨對芭蕉
坐　因爲春愁不放心

佳人春睡倚含章　一瓣梅花點額黃　起對鏡[illegible]

媚至今都學壽陽妝

佳人名字號紅蓮能事搊彈五十絃自是欲將花比
貌凉風輕步野塘邊

題杏林春燕二首

燕子歸來杏子花紅橋低景緑池斜清明時節斜陽
裏箇箇行人問酒家

紅杏梢頭挂酒旗緑楊枝上囀黄鸝鳥聲花影留人
住不賞東風也是癡

過閩寧信宿旅邸館人縣畫菊愀然有感因題

黄花無主爲誰容冷落疏籬徑中儘把金錢都買脂粉一生顔色付西風

題畫詩六十八首

仙境

春驢仙客到詩家爲賞臨谿好杏花山佃馱柴出換酒隣翁陪坐自撈蝦

起語奇

青鞋拄杖尋詩處多在平橋緑樹中紅葉没鞋人不到野棠花落一谿風

欲句[illegible]

長夏山邨詩興幽避凉多在碧泉頭松陰滿地凝空翠肎逐朱門褦襶流

寫真　管閒事　色賒不動　好

蘆葦蕭蕭野渚秋，滿蓑風雨獨歸舟。莫嫌此地風波惡，處處風波處處愁。

一叢樓閣空江上，日有羣鷗伴苦吟。儘勝蓬宮憂利害，五更霜裏佩黄金。

綠水紅橋夾杏花，數間茅屋盡漁家。主人莫拒看花客，囊有青錢酒不賖。

百尺松杉點地青，布衣衲衲髮星星。空山寂莫人聲絕，狼虎中間讀道經。

獨木橋邊倚樹根，古藤陰裏嘯王孫。白雲紅樹知多

竹　好　書　天籟

少雞犬人家自一邨

都尉山邊七寶灘高低如画好谿山十年游賞經行遍多少名題竹樹間

綠陰青畫白猿啼三峽橋邊路欲迷賴得泉聲引歸路泉聲嗚咽路高低

酒旗瘦馬行人路燈火荒雞細雨中奔走十年幾歇脚偶看圖景忽消寬

楊柳陰濃夏日遲邨邊高館漫平池隣翁挈榼來清早來决輸贏昨日碁

袷

紅樹青山飛白雲。驂驔鞍馬踏斜曛。眼前景好詩難
勝。鍊不成詞惱殺人。
雪深山路滑於苔。自跨青驢得得來。爲是仙翁詩帖
報。虎跑僧寺蘚莓開。
端陽競渡楚江濆。紈袴分曹唱健詞。画檝萬枝飛鷁
道。朱簾十二映蛾眉。
磬口山茶綠萼梅。深紅淺白一時開。分明繡錦圍屏
裏。露出佳人粉面來。
傍水依山結艸廬。案頭長貯活人書。不知施藥功多

少仙杏花開錦不如。

草屋柴門無點塵，門前谿水綠粼粼。中間有甚堪圖畫，滿塢桃花一醉人。

黃葉玲瓏映落暉，木綿新補舊征衣。鄉關多少悠悠思，立馬邊山看雁飛。

黃葉山家曉會琴，斜橋流水路陰陰。東西南北雞豚社，氣象粗疎有古心。

斑荊相對語勞勞，麻已漚成繭未繅。又是一番桑計了，瓦盆兒女共郵醪。

存　好

山亭寥落接人稀泥補柴門葉補衣不起竹牀頭似雪已無心去問禪機

秋水接天三萬頃晚山連樹一千重呼它小艇過湖去盼看斜陽江上峯

桃李春風好放懷鬪雞走狗夕陽街看花游逐紛紛蝶消得青絲幾兩鞋

萬仞芝山接太虛一泓萍水繞吾廬日長全賴碁消遣計取輸贏賭買魚

紅樹中間飛白雲黃茅蓋底界斜曛此中大有逍遙

意難說於君畫與君
雲滿梁園飛鳥稀遲猨猬拙掩柴扉尾盆熱得松花
酒斟是爺下拾薪歸
自給檀冠碧玉環倒騎驢子看廬山腰間小盒藏何
湯九轉芙蓉一顆丹
松蘿深徑積莓苔何事荆扉夜半開犬吠嘹嘹驚夜
夢月明千里故人來
桃花浪煖錦層層勸尔漁郎莫下罾恐有鯉魚鱗甲
禹門三月躍龍騰

雪壓江鄉陣作寒園林俱是玉花攢急須沽酒澆清凍亦有疎梅與客看

柴門深掩雪洋洋榾柮能消此夜長最是詩人安穩處一編文字一爐香

頭如蒜顆眼如椒雄逐雌飛向葦蕭莫趁螗螂失巢穴有人拈彈不相饒 寒雀爭梅

飛與行搖類恁難野田寒露欲成團莫言四海皆兄弟骨肉而今冷眼看 鄉令鬭

蓬萊弱水三千里王母蟠桃一萬年鳳鳥自歌鸞自

舞直歛衘到壽尊前

王母贈壽二首

西風鸞背綵旂揺，王母乘秋下九霄。欲與阿弥增壽
考，自斟緑醑溢銀瓢。

漆園椿樹千年色，堂北萱根三月花。巧画斑衣相向
舞，雙親從此壽無涯。

椿萱圖

拈花微笑破檀唇，悟得塵埃色相身。辦取星冠與霞
帔，天臺明月禮仙真。

嗅花觀音

鱸魚風急繫輕舟，兩岸寒山宿雨收。一抹斜陽歸雁
盡，白蘋紅蓼野塘秋。

題周東邨圖

不見倪迂今百年故山喬木竄蒼烟晴窗展軸觀圖畫澹墨依然見古賢○

題元鎮江亭秋色

空山春盡落花深○山逕林陰綠玉新○自汲山泉烹鳳餅○坐臨溪閣待幽人○

題落花卷

桑出羅兮枝出綫綫雜妝束出娉婷娉婷紅粉歌金縷○歌與桃花御絮聽○

題桑

九日風高斗笠斜○籬頭對酌酒頻賒○御袍采采楊妃醉○半夜扶歸把露華○

題菊花四首

佳色含霜向日開○餘香冉冉覆莓苔○獨怜節操非凡

殘

種曾向陶君徑裏來　二

颯颯金飈拂素英倚闌瑞朵入盃明秋光滿眼無殊品笑傲東籬羨尔榮　三

白衣人换太玄衣洛罷山陰洗研池錬骨不教秋色淡滿身香汗立東籬　題自画墨菊

煙水孤蓬足寄居日長能辨一餐魚鬧渠勿當平生事不弄綸竿就讀書　題画獨趙一蓬

満地風霜菊錠金醉來還弄五絃琴南山多少悠然意千載無人會此心　題自画卷二十一首淵明一

五柳先生日醉眠客來清賞樹無饘酒資盡在東籬下。散貯黃金萬斛錢。一

約閣江梅遠近山一天風月繞柴關休言鳥斷人踪跡覔句逋仙正不閒 和靖

衲衣乞食自行歌十院燒燈擁翠娥天下風流誰可並。洛陽雪裏鄭元和 韓熙載 一

酒費長若欠經營。預給餐錢費水衡多少如花後屏如。燒金時倩耿先生。一

一宿因緣逆旅中短詞聊以託泥鴻當時我做陶承

旨何必尊前面發紅 陶穀

艸和坊裡李端端信是能行白牡丹誰信揚州金滿市元來花價屬窮酸 張祜

眞人受命整乾樞失鹿狂秦不足誅四海橫行無立艸妖蛇那得阻前驅 高祖斬蛇

草廬三顧屈英雄忼慨南陽起臥龍鼎足未安星又隕陣圖留與浪濤春 三顧草廬

琴心挑取卓王孫賣酒臨邛石凍春狗監猶能薦才子當時宰相是閒人 相如滌器

氷雪風霜事不同今朝尊貴昨朝窮窮時多少英雄
伴名字應留夾袋中　呂蒙正雪景
司空幕府通農開平善街頭日夜來宵信璃花舊游
處至今猶唱紫雲回　杜牧
草苫書齋石壘塘闌干委曲遶谿傍方牀石枕眠清
晝荷葉荷花互送香　濂谿
蘓州太守白尚書酒盞飄零帶疾移老去風情猶有
在張娟駱馬與楊枝　白樂天
宋朝受命政維新魏國稱爲社稷臣空使終年讀論

語如何不做托孤人。雪夜幸趙普

書生豪氣壓千軍示者扶桑一卷文鋏研未穿時世改功名回首信浮雲。桑維翰鋏研

千載經綸一禿翁王公誰不仰高風緣何坐所添丁慘不住山中住洛中。盧仝煎茶

淮海修真遺麗華它言道是我言嗟金丹不了紅顏別地下相逢兩面沙。秦淮海

黃衣冠子羣雲裘四海三山挾彈游我亦囂囂好游者何時得醉岳陽樓。洞賓

可憐

百二關河狼虎秦連環難解戲高臣君非纖手抽刀斬應笑山東後有人。齊后

楊家紅拂識英雄着帽宵奔李衛公莫道英雄今沒有誰人看在眼睛中。紅拂妓

附文徵明題六如畫紅拂妓二首

杷拂臨軒一笑遊宵奔曾不畏衾和却怜擾擾風塵際能識英雄李衛公

六如居士春風筆寫得娥眉妙有神展卷不禁雙淚落斷腸元不爲佳人

○送陳憲章

僧房酌酒送君行把臂西風無限情此際君爲銷別

恨。兩行紅粉嚀春鶯。

題子胥廟

白馬曾騎踏海潮。由來吳地說前朝。眼前多少不平事。願與將軍借寶刀。

題夢艸圖爲陸勲傑

池塘春漲碧溶溶。醉臥香塵淺艸中。一夢熟時鷗作伴。錦衾何必抱輕紅。

題漁父

朱門公子饌鮮鱗。縷詫金盤一尺銀。誰信深谿狼虎

裏消身風雨是漁人

題畫竹次杜水庵韻

瀟瀟美人脫凡俗蕉姓稱離名碧玉月昏瀟湘烟水深爲君一弄江南曲

○

題葛仙

三天門吏葛長庚眞體坐蟾蜍赤脚行游遍九州人不識丹臺籙上已標名

題洞賓化女人携甁圖

仙機變幻眞難測呂字分明現在哉何事世人皆不

識尚留餘跡與人猜

題佳人對月

好

御髻嬌娥夜臥遲。梨花風靜鳥棲枝。難將心事和人
說。說與青天明月知。

題佳人插花

蓋

春困無端壓黛眉。梳成鬆鬢出簾遲。手拈茉莉腥紅
朵。欲插逢人問可宜。

佳人停板

仙娥記曲世無雙。下直歸來月滿窗。隨手托牙鏤板

疊

在低頭不語暗尋聲。

紅蓮錦袖曳纖手，瓏板腰肢捉板歌。何事夜深還演
秋花前爭奈月明何。

荷花仙子

一卷真經習作仙，人間肉眼誤相猜。不教輕踏蓮花
去，誰識仙娥玩世來。

玉芝為王麗人作

玉芝仙子住瑤池，池上多栽五色芝。擣作千年合歡
藥，客沾風味盡相思。

風雨淹旬厨烟不繼滌研吮毫蕭條若僧因成絶句八首聊自遣興 删刻三首

青衫白髮老痴頑。筆研生涯苦食艱。湖上水田人不要。誰來買我畫中山。

荒邨風雨雜鳴雞。燎釜朝厨愧老妻。謀寫一枝新竹賣。市中筍價賤如泥。

儒生作計太痴呆。業在毛錐與研臺。問字昔人皆載酒。寫詩亦望買魚來。

詞三首

望湘人　春日花前詠懷

想盤鈴傀儡。寒食裏蒸筍。嘗少年滋味。凍勒花遲。香供酒醒。又算一番春計。鏡裏光陰。尊前明月。眼中時事。有許多朋是朋非。我說與君君記。　道是榮華富貴。恁掀天氣燄。要將搬戲。看今古英雄。多少葬身無地。名高惹謗。功高相忌。我且花前沉醉。嘗甚兔走烏飛。白髮蒙頭容易。

踏莎行　閨情

可怪春光。今年偏早。閨中冷落如何好。因他一去不

歸來愁時只是吟芳草　柰尔雙姑隨行隨到其間
况味子知道尋花趁蝶好光陰何須步步回頭笑

○千秋歲引　題古松贈壽

蘚疊蒼鱗蘿纏翠角萬丈髯龍奮騰躍深更抱雲宿
夜淵清朝捧日登秋叡挺風霜傲泉石倚寥廓　下
有茯苓上有鶴守護地丹篭藥粟粒粘唇世緣却尢
時細調白玉髓藏來窖鎖黃金藥祝千齡向初度齊
天樂

袁中郎先生批評唐伯虎彙集卷之二終

袁中郎先生批評唐伯虎彙集

吳趨唐　寅著

公安袁宏道評

書

上吳天官書

寅聞拜手背王良，適齊投策而嘆；歐冶去越，折劍言詞。獸不二天，賢猶若此，況深悲極憤者乎？寅夙遭哀閔，室無彊親，計鹽米，圖婚嫁，祭雞豚，持門戶，明星告旦而首指何辦，飛鳳啓夕而奔馳未皇，秋風飄爾而舉

翩翩翩。周道如砥。而垂頭伏蟄。與隸变叱。刀錐並侵
煙燮兢微。顛仆相繼。彷徨閭闔之下。婆娑里巷之側
飛塵揚波。行人如蟻。恫恫惸惸。不可與處。此乃有生
之憂。井竇之所畏也。至若樸樹蔚榮。芳林引暮。學書
不成。爲賓未貧。艷色靡于群醜。齊音咻于衆楚。雞既
鳴矣。而飄飄遠游。日云夕矣。而契闊寤歎。九衢延綿
而窮轍連。如高門將將。而敗刺無從。又漢綱横施。畧
瑕録廢。駑馬効其馳驅。鉛刀厲其銛鍔。有志功名之
士。扼腕攘袂之秋也。若肆目五山。總轡寰野。横披六

合。縱馳八極。無事悼情。忼慨然諾。壯氣雲蒸。烈志風合。戮長鯢令赤海。斷修蛇使丹岳。功成事遂。身斃名立。斯亦人生之一快。而寅之素期也。乃至東纚垂翅絶望。驥後斥鷃栖蒿。仰思鴻末。念言自致力薄羽微。人生若朝露。百年猶飛電。一旦先犬馬。何從効分寸哉。使牛童蹢躅于重基。狐狸跳梁于玄夕。皮毛並沒。艸木同塵。雍門援琴。吁其傷矣。墨子悲絲。姝乎非矣。華省陳蹤。不可作矣。蟲悲風暄。不可及矣。此寅所以撫案而思。仰天而嘆。不能不爲之憤悒而哀傷也。執事後榜魁元凊時宰相羔羊有不渝之節鳴鶴得靡祚之道木鐸警衆魏象詔民裁成風雨旋轉日月朝廷之師臣海內之人望所謂域中銀斗高標海內瑞山共仰矣賀瞻桑節梓得俱井邑感于斯之義胥通家之議叢錄所著投贄嗟乎平子獨才乃假聲于三都之賦孫陽後進敢托途于劍閣之銘所以得旁展豐談直施利筆苟其不爾則前愆并驟後悔何尋寅竊不料反顧微軀塊然一物若得充後陳之清開被壁上之餘光則枯骨不朽故敢伏光范門下請[illegible]教不

勝惶恐之至

與文徵明書

寅白徵明君卿竊嘗聞之累吁可以當泣痛言可以譬哀故姜氏嘆於室而堅城爲之隳堞荆軻議於朝而壯士爲之徵劍良以情之所感木石動容而事之所激生有不顧也昔每論此廢書而嘆不意今者事集於僕哀哉哀哉此亦命矣俯首自分死喪無日括囊泣血群于鳥獸而吾卿猶以英雄期僕忘其罪累殷勤教督罄竭懷素缺然不報是馬遷之志不達于

擊鼓

任俠少卿之心不信于蘇季也計僕少年居身畧敵鼓刀滌皿獲奉吾鄉[illegible]旋顛頓婆娑皆欲以功名命世不幸多故衰亂相尋父母妻子羈踵而沒塞車簣鬻書口嗷嗷加僕之宕跌無羈不問生產何有何亡付之談笑鳴琴在室半客常滿而亦能忼慨然諾周人之急嘗自謂布衣之俠私甚厚嘗遊先生與朱家二人爲其言足以抗世而惠足以庇人願贄門下一卒而棹世之不賞忱士也無穢日積門戶衰廢柴車索帶遂及藍縷猶幸藉朋友之資鄉曲之譽公卿吹

嘘援枯就生起骨加肉猥以微名冒東南文士之上方斯時也薦紳交游擧手相慶將謂僕從文筆之縱横說談論之戸轍枝口而讚角目而稱譽高基下逢為禍的側目在旁而僕不知從容談笑已在虎口庭緝萋斐貝錦百匹讒舌萬夫飛章交加至于 天子震赫召緹騎逮身貫三木卒吏如虎拏頭搶地涕泗横流後崑山焚如玉石皆燬下流難處衆惡所歸纖絲成網羅狼衆乃食人馬氂切白玉三言變慈母海內遂以僕為不齒之士仍拳張膽若赴仇敵知與

款

不知畏非而咽屍亦甚[illegible]
聾盲亦知罪也。當衞者哀憐其窮。黜撿舊章。責髡部
鄧。將使積勞補過。循資干祿。而遂除戚施。俯仰異態。
士也可殺。不能再辱。嗟乎。吾鄉僕幸同心于執事者。
于茲十五年矣。錦帶懸髦。迨于今日。瀝胆濯所。明何
嘗負朋友。幽何嘗畏鬼神。茲所經由。慘毒萬狀。肴目
改觀。愧色滿面。哀焦不可伸。屐鉄不可納。僮奴掾案。
夫妻反目。舊有獰狗。當門而噬。反視室中。甑既破鉄。
衣屐之外。靡有長物。西風鳴枯。蕭然羈客。嗟嗟咄咄。

計無所出將秦掇桑椹秋有橡實餘者不迨則寄口浮屠日顧一餐蓋不謀其夕也呼欷乎哉如此而不自引決抱石就木者良自怨恨筋骨柔脆不能挽強耗銳攬荆吳之士劍客大俠獨當一隊為國家出死命使功勞可以紀錄乃徒以區區研摩刻削之材而欲周濟世間又遭不幸原田無歲禍與命鄰抱毀負謗罪大罰小不勝其賀矣竊窺古人墨翟拘囚乃有薄蹇孫子失足爰著兵法馬遷腐戮史記百篇賈生流放文詞卓落不自揆測願冀其後以合孔氏不以

人廢言之志亦將櫽括舊聞總疏百氏叙述十經翱翔藴奥以成一家之言傳之好事託之高山沒身而後有甘鮑魚之腥而忘其臭者傳誦其言探察其心必將爲之撫笙命酒擊節而歌嗚嗚也嗟哉吾鄉男子闔棺事始定視吾舌存不也僕素迭佚不能及德欲振謀策操低昂功且療矣若不託筆札以自見將何成哉辟若螗𧉷衣裳楚楚身雖不久爲人所憐僕一日得完首領就柏下見先君子使後世亦知有其生者歲月不久人命飛鏑何能自戮塵中屈身低首

以窮衣食使朋友謂僕何。使後世謂唐生何。素自輕富貴猶飛毛。今而若此。是不信于朋友也。寒暑代遷。裘葛可織。飽則夷猶。飢乃乞食。豈不偉哉。黄鵠舉矣。華騮奮矣。吾卿豈憂戀殘豆赫腐鼠耶。此外無他談。但吾弟弱不任門户。傍無伯叔。衣食空絶。必爲流莩。僕素論交者。皆負節義。幸捐狗馬餘食。使不絶唐氏之祀。則區區之懷。安矣。樂矣。尚復何哉。唯吾卿察之。

答文徵明書

寅頓首徵明足下。無恙。幸甚。昔僕穿土擊革。纏雞握雜身雜與隷屠販之中。便投契足下。是猶酌湜沚以餚饌，柔烏尊而為絺綌也。取之側陋施之廊廟冠劍之次人。以為不類。僕竊謂足下知人比來凝叔未死。狂奴故若遂致足下投杼甚媿甚媿。且操奇邪之行。駕孟浪之說。當誅當放。載在禮典。寅固知之。然山鵲莫喧林鷄夜眠。胡鷹聳翮于西風。越鳥附巢于南枝。性靈既異。趨從乃殊。是以天地不能通神功。聖人不能齊物至農。種粟女造布。各致其長焉。故陳張以俠正而從斷金之好。温荆以偏淳而暢伐木之義。蓋古

人忘已齊物等衆辯于微音出門同人戒伏戎之在莽也寅束髮從事二十年矣不能剪飾用觚尊怒然牛順羊逆願勿相異也謹復

又與徵仲書

寅與文先生徵仲交三十年。其始也卅而儒衣。先太僕愛寅之俊雅。謂必有成。每每良燕。必呼共之。爾後太僕奄謝。徵仲與寅同在場屋。遭鄉御史之誘。徵仲周旋其間。寅得領解。北至京師。朋友有相忌名盛者。排而陷之。人不敢出一氣指目其非。徵仲笑而斥之。

眞心實語誰謂子畏徒狂者哉

家弟與寅異炊者久矣寅視徵仲之自處家也今孝良兄弟人不可得而間寅每以口過忤貴介每以好飲遭鴆罰每以聲色花鳥觸罪戾徵仲遇貴介也飲酒也聲色也花鳥也泊乎其無心而有斷在其中雖萬變於前而有不可動者昔項橐七歲而爲孔子師顏路長孔子十歲寅長徵仲十閱月願例孔子以徵仲爲師非詞伏也蓋心伏也詩與畫寅得與徵仲爭衡至其學行寅將捧面而走矣寅師徵仲惟求一隅共坐以消鎔其查滓之心耳非徒徵以爲異也雖然

亦使後生小子欽仰前輩之規矩丰度微倖不可辭也。

荅周秋山

遠承存録，兼以珍貺，自揆鄙淺，何以堪之。別後兩閱寒暑，閉門讀書，與世若隔，一聲清磬，半盞寒燈，便作闍黎境界，此外更無所求也。

序

嘯旨後序

右嘯旨一編，館閣暨鄭馬諸書目皆不著所譔人名

此誠字學之儀表也

[illegible]
運氣撮脣之法甚詳而于聲則云未譜聲音蓋激氣
而成者邵子謂物理無窮而音聲亦無窮唯無窮乃
可以配無窮故以音聲起數御天下古今物理之變
聲則起于甲而止于庚多良千刀妻宮心之類是也
音則起于子而止于戌古黑安夫卜東乃走思之類
是也與沙門神珙之法稍異神珙則以內外八攝總
其聲三十六母總其音法雖不同其于音聲則括盡
而無遺矣然有字有聲者雖多而有聲無字者亦爲

不失必皆以翻切得之翻者翻出其音切者切出其聲如徒公徒丁翻東丁顛謂之翻徒東謂之切也其他無字之音聲如水聲風聲之類皆可翻切今黃冠師符咒祕字亦有聲而無字梵門密語若一字咒合普林二字爲一呼至有三合四合者彈舌取之而音無字及其號召風雲驅役神鬼若運諸掌今醮亦有聲而無字豈吾儒或忽天地贊化育之餘意歟聲雖未譜其間稱或取聲自舌上齶出或自舌上出者四聲唯平聲有上下蓋氣自舌上齶出爲上平聲氣自舌上出

爲下平聲上去入聲無上下者仄聲故也平聲清而
仄聲濁竊想嘯之爲聲必出于平而不出于仄矣孫
登仙去遠矣白骨生苔九原不可作安得善嘯之
士以譜其聲而習之登泰山望蓬萊烈然一聲林石
震越海水起立此亦平生之大快也予儋朱君好古
博雅一時俊彥之良無有逾者于僕契分甚厚暇日
出是編以相勘校因嘆嘯之失其音也久矣幸存此
編畧知梗槩不刊諸梓以傳于世則羊禮俱亡後人
何所考據予嘉爲我敍其事于編後以遺同志幸遇

反隅之士衍而習之，庶幾後有以鳴名于天下者，鄉由此書以發其端云。

送文溫州序

寅稚冠之歲，跌放不檢約，儕山文璧與寅齒相傳，又同井閈，然端懿自持，尚好不同，外相方圓，而寔有埴篪之美。璧家君太僕先生，時以過勤居鄉，一聞寅縱失，輒痛切督訓，不爲少假。寅故戒栗强恕，日請益隅坐，幸得遠不齒之流。然猶先生復贊拔譽揚，晷不置口，先後于邦閭耆老于有司，無不極至，若引跛驚策

鷲驕然是先生于後進也盡心焉耳矣且夫周文之
譽髦累仁義詩人咏之曰得四臣而天下附孔子之
教刪籍紀焉曰有顏子季路閔曾游夏之徒而道益
彰今蓬巷之士類先生守圈模茹藿冠素羹蔬飯脫
粟逶迤寬博其異于斲刀負販之人若芥髮耳不先
有所引擢後有所推轂轔翱其何能自致于青雲之
上傳言曰朋友不信不獲乎上矣此後輩之所以必
仰賴也而爲前輩者遂有所論援相與偃息而無獨
知無從之嘆而後輩[illegible]高山在瞻有所標的是上下

孫又字

相成也今之後輩被服姣麗伸稍高論矜視無忌不復識有前輩之尊與益也是豈長者絶之哉庶後進之彥以寅觀則知前輩之用心用人也矣今先生出刺温以病謝不報赴郡有期既當爲詩以餞敢又書此以叙寅之所以德先生而無可爲報者

中州覽勝序

吾黨袁臣器少年器逸温然玉映蓋十室之髦懿也弘治丙辰五月忽翻然理篙檝北亂揚子歷彭城漸于淮海抵大梁之墟九月未歸乃繪所經歷山川陵

□衍衡臨名勝之處。日夕展弄。目游其中。于泰與鄉曲。得藉訪道里。宛宛盡出指下。蓋其知之素。而能說之詳也。予聞丈夫之生。剗蒿體揉栢幹。以麗別室。固欲其遠陟遐舉。不離齪牖下也。而愿愨者懷田里。沒齒不窺闤闠。曰世與我違。耳與草木委灰同弃。雖有分寸。而人莫之知也。後世因莫之建白也。是余固欲自展以異。而頹然青袍掩脛。馳騖士伍中。而身未易自用也。雖然。竊亦不能久落落于此。臣畢所從魏地來。今不知廣陵有中散之遺蹟歟。彭城項氏之都也。

脩士夢想亦不及此

今麋鹿有幾頭歟黃河故宣房之基在否歟大梁墟中有持盂羹爲信陵君祭與無也臣竊其爲我重陳之余他日當參驗其言。

作詩三法序

詩有三法章句字也三者爲法又各有三章之爲法一曰氣韻弘壯二曰意思精到三曰詞旨高古詞以寫意意以達氣氣壯則思精思精則詞古而章句備矣爲句之法在摸寫在鍛煉在剪裁立議論以序一事隨聲容以狀一物因游以寫一景摸寫之欲如傳

神必得其飲饌之欲如制藥必極其精剪裁之熟如縫衣必稱其體是爲句法而用字之法寔行乎其取妝點之如舞人潤色之如畫工變化之如神仙字以成句句以成章章爲詩之法盡矣吾故曰詩之爲法有三曰章句字而章句字之法又各有三也閒讀詩列章法於其題下又摘其句以句法字法標之蓋畫虎之用心而破碎滅裂之罪不可免矣觀者幸恕其無知而恰其愚蒙也

送陶大癡分敎撫州序

陶大癡先生老且貧仕又不達故人知已多親貴者存念之爲之推薦得轉官一階自南昌司訓往教諭崇仁既領檄買船載書使厨奴負鼎俎僕牽狗裌被與之灑然而行若無家之人往僦室以居者唐生於先生號知已餞之章江之上酌酒相别喟然爲之嘆息曰嗟乎仕爲貧而仕仕又不能免於貧斯烏在其爲仕也士賴故人知已之推薦而後達舉之而又不達斯烏在其有故人知已也士不仕仕又無故人知已者爲之薦達則其貧而老也固宜若先生豈宜此

髒據　好

鄰豈所謂故人知己者知先生有未盡也知之未盡棄并絶之而已何爲而致之若是其且困也若先生仕得苞苴之譏爲故人知己者厚則知爲知己者將變其素所厚而爲薄矣安肯爲之薦達也哉薦之而又不改學職此蓋知先生之素其志高介不能僕僕營營於簿書期會之間不若庠序師職禮樂雍雍雅雅拮据然處於揖讓之表以俟其老爲優也是則先生之所以答故人知己者惟恐貧而不至於劇故人之所以厚先生者惟恐以簿書期會爲之勞瘁也余有

欤人其疏達者較於先生不少而貧益甚流落江海以稅自資雖囂然不屑仕進而亦竟無一言以及之者意其亦以厚於先生爲予厚耶抑其言行文學不足道也言行文學固不及先生然而言不失口於然諾行不失步於詭隨文章許瑰學識疏達甚踰於跅弛之士多矣此其自許如此而先生乃許之爲東方曼倩之流竊猶以爲於已知者有未盡而羞之然不可謂亡爲不知已也以知已而別知已于貧困道塗流落之際能不悉以彼此故人知已之所厚薄者相

爲道哉故序

送徐朝省歸金華序

徐君朝省來自金華寓蘇之治　省太夫人與兄吳郡公也數日餚饌將還姪子重袁吳之善詩者爲詠言以贈行袠而俾予志其首余少讀潛溪先生所著書深歎伏其根本仁義鼓吹禮樂以爲一代儒宗及南游金華見其鄉士大夫皆彬彬尚質古樸大雅有潛溪之遺風焉正德丙子郡公自京畿來涖是邦三月而政成凡勢家豪族漁獵其民者皆屏息斂手貪

壘之吏悉改行而仁義禮樂之教煥然大備朝洛君又不遠千里來展定省忠孝篤厚之誼不待歌詩而見而潛溪之風蓋有驗矣朝洛君少精壁經著聲場屋間天性誠篤峭整他日繼郡公執笵上𫔘唐虞下阜民物沛仁義禮樂之教於天下則如金華士大夫之學業遠有自云

記

。許旌陽鐵柱記

天地開闢而有陰陽負陰抱陽人民與龍蛇魅魖雜

生其中猱雜不分妖厲為害黃帝氏興戰蚩尤於阪泉而滅之而後天地定位神禹繼作敘庚辰鎖無支祁於龜山之足淮水乃安鑄為九鼎以辨神奸民而後龍蛇魑魅之患息然其緒餘之傳莫示先受精一之道而後禪邦國之位抱精守一蓋所以通天地之神端建邦立國蓋所以阜民物之生命及乎聖跡緜遠世德衰微天地胇昧陰陽亂淆攀胡之號莫繼其響亂指之鼎亦濟于河而所謂妖害者無有忌憚肆馳淫毒以害民生凡有中區靡有寧止旌陽君生於

期時修精一之道以達天地之神霛遂誅龍蛇以安江流馘魅魑以定民生鑄鐵柱以鎖地脈玄功告成神道昭契乘風上征合瑞紫宫以續黃帝神禹之傳而延民物之命而續懋著惠澤迄今蓋天地之間一陽一陰陽之好生而陰好殺故陽爲德而陰爲刑凝德爲神淫刑爲怪是故神爲高明怪爲幽厲環旋升降相爲始終陰陽和暢則神安怪息陰陽兩極則神怪並馳然而獨陽不生獨陰不成陰陽神怪長爲表裏故黃帝之與蚩尤神禹之與無支祈許眞君之與

蛟精皆並生一時蓋陰陽兩極而為神怪也故有上怪之變生有至神之聖出以御之設使特生蚩尤無支祈與蛟精而無黃帝神禹許眞君則天地之間陰陽偏濡而人類幾乎其息矣

正德甲戌余過豫章躬覩君跡竊嘆眞君道合黃軒而配神禹世無正論爰就荒唐欲明斯理輒誤為證敘刋之負礎以示將來云

荷蓮橋記

邑多賢士大夫則多賢令尹令尹之郎職也為最親

民氏安樂一有不便而尹令一見之知者則相聚以
尤焉非其邑有賢士大夫輔翼之以補綴缺少則尹
雖賢固難免于民之尤之也進賢南昌屬之大者自
宋崇寧中立治抵今歷歲若干邑之以賢稱者不絕
姓遑多賢士大夫相爲之輔翼民有不便輒相與以
補綴之必致其尹以賢稱于邑而後已邑之東南區
爲饒位出水之會水將北趨番陽其未達也滙而爲
波瀅瀼而爲河滃宕然而爲沮洳七八月之間潦民
未有不憂涉者以車則膠輪以騎則踐魚鼈之居而

賢藏者分粟負者兼舉而尹莫之知也內相鞠公某
至而見焉曰是爲不便於民之大者不治民將尤吾
尹乃爲石梁于其上以便涉凡用若干金夫修輿梁
歲徒[illegible]尹興之邑多或未之知而深於治事民安有
不[illegible]者乎然未知其尤之有無而鞠公輒自以邑之
賢士大夫爲己[illegible]補綴以成其尹之賢雖尹之
賢者必所[illegible]以此爲尹之尤也則邑之多賢
尹者邑之多賢士大夫之所致也固然矣夫豈獨一
邑之政爲然哉天子于民上下遼絕日月不照覆盆

蟻蚊不能叶闔民之所憂者多矣剏有賢士大夫爲之輔翼補綴則天下之民安得不聖其　天子乎則知朝多賢士大夫則多聖君矣是豈獨一邑之政爲然哉

愛谿記

人莫不有所愛失其所愛則傷其衷人莫不有所資失其所資則困其生愛之而不失資之而不窮惟取天地自然而然者爲能然若金紫之貴珠玉之富或者能削奪則貧之矣削奪而賤貧則失其所愛與資

將傷困之不暇求其夷然而樂坦然而安者必無有
也新安洪君伯周俶儻誠慤士跡履遍江湖釋開濟
儒冠少孤而孝奉祖與母以居樂其志以養其生弄
長竿之清風披笠簑之煙雨飄然波濤邈焉寒暑勢
不可奪强不可撓蓋公休任公子之流於是以愛溪
自號而丐余記之余謂士之文處世失其所愛與資
奔走於不可得已之間俯仰於無可柰何之際蓋心
茲恐懼身世無地安能上傳而下育也得其所愛與
[illegible]齊人也翻覆

酌量於兩三之間余則以爲洪君之許爲得故爲之記

竹齋記

艸木花果之以人爲喻者甚多若松稱大夫桂子稱仙友牡丹稱王海棠稱爲神仙艸稱虞美人龍眼稱爲荔枝之奴惟竹稱君子也之王公大人朋友異人神仙僕隸其薦厚淳慤者固多至若暴戾殘慝詭譎專掌者中亦不少若一律而求爲君子之所歸豈可得也然而上自王公下逮僕隸其中人品千態萬狀

其見君子則亦必信以其篤厚淳慤而不暴戾殘
慝詭怪顓蒙我也雖軋以王公大人之勢要以朋友
之信義眩之以神仙之奇現詭怪粉白黛黑親之以
婦人之姿親之以僕隸之勞皆不可得徼之信之如
君子者則人何患而不爲君子豈若花果艸木之生
質有一定之限而不可變者人固不若是也歟[illegible]吳
君明道字存功別號竹齋君子人也丐余記齋余謂
存功其知以篤厚淳慤自處而遠去夫暴戾殘慝詭
怪顓蒙者歟何不以松桂花艸顏其齋而特以竹將

見人之敬信自王公大人以及乎僕隸無不翕然者吾嘗聞野人之言曰門內有君子門外有君子至存功與竹逸爲賓主吾號君子門其門外之辨隨時而定此非吾所能知若其自信以從君子之所歸則斷然矣余故爲之記

筠窓記

筠之爲物也其節堅而見其道應矩虛中而能容外足以守己而無待於人之筠而他求取於己之材者則未能備衆器之用進豈惟筠哉夫人亦然故君子之以

[illegible]

材稱者亦備焉一見一矩悉應其度由中達外無不
當理是宜錫之佳名異於人耶夫之生材不備衆
所不能盡有厚薄之異而等倫故錫之
生森森然而直其外蓋自想也數然無圓其中蓋自虛
道爲君子者取法乎此則上可以事君內可以事親
律己以貞應物以和無所施而不可矣秦君仁之有
材之君子也和以處衆不欺以方外言貌動止一由規
式所居之齋宜以爲門朝退宴清必與相對故以錫
隱爲稱俾余記之竊謂錫與秦君皆天植之美材也

道誼相同契好自合法其美以為已之美遠取諸物而近取諸身之入故秦君事令脩士靖恭乃職晨夕不怠沾沾休光隆重深益是益得筠之為助不少抑亦秦君之善於取法也故為記之

菊隱記

君子之處世不顯則隱隱顯則異而其存心濟物則未有不同者苟無濟物之心而泥然於雜處隱顯之閒其不足為世之輕重也必然矣君子處世而不足為世之輕重是與艸木等耳艸木有可以濟物者世

猶見重稱爲君子而無濟物之心則又艸木之不若也爲君子者何忍自處于不若艸木之地哉吾於此重爲君子之羞艸木與人相去萬萬而又不若之則雖顯者亦不足貴况隱于山林丘壑之中者耶吾友朱君大涇世精瘍醫存心濟物而自號曰菊隱菊之爲物艸木中最微者隱又君子沒世無稱之名朱君君子也存心濟物其功甚大其名甚著固非所謂泯然雜處于隱顯之中者而乃以艸木之微與君子沒世無稱之名以自名其心何耶蓋菊乃壽人之艸也

南陽甘谷之事驗之矣其生必於荒岑郊野之中推隱者得與之近顯貴者或時自一見之而已矣而醫亦壽人之道必資艸木以行其術然非高蹈之士不能精而明之也是朱君因菊以隱者若稱曰吾因菊而顯又曰吾是以顯夫菊適以為菊之累又何隱顯之可較云余又竊自謂曰朱君於余友也君隱於菊而余也隱於酒對菊命酒世必有知陶淵明劉伯倫者矣因繪為圖而并記之

王氏澤富祠堂記

徽歙多世家擇富之至晏氏是其一也先自唐祕閣校正諱希羽者自宣徙徽生延新延祚生則在宋建隆初仕至廣州太守四世孫泰宗考槃在阿遁跡不見而族益著大乃景晏之始也王氏既稱故家其支庶子姓蕃衍豐殖蓋有自然而然者景晏思所以合聚而束之以禮乃為屋若干楹於所居鄉野之中以祕閣為不遷之祖廣州與泰宗配焉迨及後世既祧之主皆合居於中叓臘歲時率宗族子姓以奉薦享所為就緒而景晏不祿其子友格暨叔父賢遂繼志

述事舉族內之賢能者凡六人曰某宜叶乃力於是祠事大備祭則有田收其入以爲俎醢酒醴之用職事有人以司衣服籩豆尊彝之器歲祭則宗長咸在拜獻有常餕燕有寢序列有位穆然先王之遺風由是王氏之子弟彬彬禮文皆景旻之遺力也禮云五經之内惟祭爲大所以合同姓序尊卑辯賢不肖也蓋别子小宗雖自得爲不遷之主而其子孫猶助祭於大宗之廟則同姓合矣昭與昭齒穆與穆齒伯氏叔氏上下列位而尊卑序矣賢者見而盡事不肖者

弁而盡力賢不肖辯矣此先王之遺制而景是首舉行之又可謂知所務矣王氏後世之子孫苟知所務不替斯舉使世德族系百萬斯年與此祠俱隆豈不得爲徽歙之偉觀也哉弘治乙丑余行旅過徽友格以幣交故爲記其事云

守質記

天賦于吾躬者曰質質有清濁高下萬萬不同此蓋人之禀受之異而天之賦之者固不以彼此而爲之清濁高下也聖人者出博之約之必使全其天之所

賦而後已天之所賦者何陰陽五行人之所稟者何男女五常天賦于上而人稟于下陰陽或差忒五行或偏頗男女之分形五常或輕重是以萬萬不同者之分焉中有全其天之賦者又萬萬不同之一二爾以萬萬不同之中幸有一二全其天賦之質者放於利欲肆乎好異者又萬萬不一二全其天賦不爲欲物所誘奪權乎其不可拔堅乎其不可亂整不可紊守天天之所賦而不失又再萬萬之中不一二者全於文名炳與予交者二十有餘年其質直其爲人也

人之貌而天之質不亂于物誘不滅于聲淫逅常之間不虧賦禀故人以守質稱之余謂人難乎質也質難乎全也守也允文居二三難之間而爲再萬萬人之所稱不易易矣廼詳記之

袁中郎先生批評唐伯虎彙集卷之三終

郎先生批評唐伯虎彙集卷四

吳趨唐　寅著
公安袁宏道評

碑銘

齊雲巖紫霄宮玄帝碑銘

乾坤定位二儀開五刼之端人鬼分形五嶽鎮九州之地東溟銀榜標題長子之宮西海玉門寔聚百神[illegible]切之野皆所以節宣寒暑鼓舞陰陽萬物賴之以生成四民順之而動止兵戈藉之而底息穀粟因之而豐

覺玄天元聖玉虛師相仁感上帝蕩魔天尊者顯帝之所水德繼王在先天則正位乾符御北斗則斟酌元氣職領紫微之右垣則並天乙太乙之坐宿列虛尾之分野則總司命司祿之權刼當開泰之中天啟聖霧之孕幽明叶相上下同流凝二五之精以有生建三一之道以度世誕聖王宮出胎母脇寶光所照三辰爲之失色天霧護持六種爲之震動泊乎髫年辭親就道東遊震上元君指迷受錫劍于天帝悟磨鐵杵神姥折梅枝而寄榔升[illegible]以顯功虛

[illegible]而[illegible]而傳旨受命
上清敷惠下土分判人鬼賚大禹鑄鼎之功鋮除妖
魔維黃帝鳴用之戰較蹟天曹復居坎位展旗捧劍
乾樞開黑帝之宮玄龜赤蛇坤軸闢玄都之府歷朝
顯應有感必通恭惟我 太祖高皇帝德符天地功
兼唐虞用夏變夷易亂以治偃武修文而萬國咸寧
纍爽森臣而百神歆享曆數在躬卜宅中夏誕及
太宗皇帝纘承祖考欽若昊天寔藉神威以翼聖躬
爰有冥力以靖多難風行電掃而天日開明虎嘯龍

是

吟而江山變色蓋精霧通乎造化誠慶達乎神祇也是以　敕命重臣建宮扁地丁夫百萬星霜再周金碧極輝煌之盛香火盡嚴奉之誠蓋所以答神貺宅威靈令之泰嶽中和山是也是以民莫不敬且信有感必通離宮別館遍于天下名山大川尤多顯靈蓋神藉山川之靈氣乃可以應億兆之祈求故其居處無常周遊非止若夫互人之國上下于天女媧之墓淨洗于水神化者不可以理測其端妙應者不可以言達其旨是以齊雲巖紫霄崖有玄帝之行宮焉其

創始落成別有記序養素道人汪大元以僕業工佐
俾託戴生昭來乞叙文竊以爲殷薦望秩帝王所以
奉天地山川禴祀蒸嘗億庶所以報祖宗神鬼冀安
宗社底宅家邦厥旨微矣矧夫玄天元聖作鎮北極
應化本朝統五帝之尊履九宮之始除邪鎮惡降福
禳災爰建行宮允安兆姓也僕雕蟲末學難盡揄揚
艸芥微材豈能著述涓埃無益于山海螢爝奚補于
日月吮毫增慄撫案知慙熏沐以譔斯文　稽首系之
以頌頌曰玄天元聖神威上帝作鎮北極　斟酌元氣

五雷都司九天奕使七耀旋時五福治世平安水土
調攝神靈展旗捧劍掣電揮霆虛皇敕命至德寬凝
放惠下土兆宅上清赤蛇玄龜將列水火福善禍淫
乃右日左先天治乾面明向午安定山海亘及今古
恭惟我朝　太祖太宗唯神輔弼國祚無窮名山大
川爰建琳宮金銀照耀珠碧輝崇再拜稽首小子作
頌上述威靈下贊神用磨礱礫楚刊鐫麗厲百萬斯
年於昭示衆

墓誌銘

文近俳絕似秦漢氣色

子畏原不知文誌銘尤非所長而不乏求之者想白雪無權黃金有命也耶一笑一笑

劉秀才墓誌

蛟龍得雲雨而能澤萬彙者時也君子終困窮而能守一身者道也語云詠珪 比德 松栢而論材吾嘗讀斯語矣代豈亡是人哉君諱嘉 字協中陶唐氏之後也居乎三代因時易姓故有御龍豕韋唐杜之號其後定公夏獻公埶父子爲周卿士食采於劉遂稱氏焉漢室之興封侯王者十有二人皆同姓

也俺劉以大儒名世辯說著稱者又莫殫紀暨乎晉隋螽斯蕃蟄蟄之孫瓜瓞衍綿綿之蔓氏族之盛莫與並焉宋德不競天下艸昧家室播越譜牒淪没君是爲蘇州人大父徵封承德郎褒碩德也厥考邑受大中大夫廣東參政崇明賢也君誕育洛陽幼習庭教大哀風構幾覆厥生一舉明經來遊泮水學執時文懷心史學加以情尚風流性不忤物荀若之坐三、、、、、、、、、、日猶香何郎之姿一拭生自學無不達猶好老莊是以寵辱不驚伏息爲樂少年以范丞相成　大基近先塋常遭發毀作文弔之搖筆立成詞不加竄雖老成宿德莫不推其博雅習為歌詩初倣元白末尚齊梁短章一出時輩競傳至不能為隱匿病極勞瘁而筆札不去是其勤也家無厚儲而重恤交游是其義也順以格親孝之理也和以處內衛之知也方將集百朋之譽乃遽得二豎之痾正謂玉匣難全琉璃易脆列歲二十有四以弘治四年某月日卒于皋橋故居沒身之日識與不識莫不躑躅揮涕某年月日瘞仰天山之麓不忘本也子名稚孫祿祿衰絰育于令人

顧氏鄙人總角相知童季託愛方始有恙鄙人以客友入問湯藥執手相視潸然泣下及乎易簀鄙人以君命出卜詞雖不治尚號召鄙人者再焉若有見囑未及而沒善言不聞此生長恨是知義則朋友情猶骨肉泰山其頹岔歌伐木之詩昊天不弔竟負彈冠之約其所著詩文二卷蓋亦纂集其昔時之訓荅或傳錄其壁間之咏題也錯玉成器擲金有聲歲月攸遠散亡是懼敢用鐫石名山散帙所識庶永其傳焉

嗚呼大化有期固識蜉蝣之不永修程頓局豈亡狐

貍之傷類奉譔高躅式慰幽懷其銘曰華屋失歡笑
青原起悲歎靈風吹青櫺金碗照塵幔傷春臺之改
色悲夜宮之未旦列高誼以豐石期歷劫以燦爛

劉太僕墓誌銘

公諱某字某河南光州人也其先姬姓唐帝之後夏
有劉累氏族權焉公誕育名門實鍾秀質溫恭明允
高朗有融君子豈弟華朴彬彬少聞詩禮之訓長弘
洙泗之學以鄉薦釋褐太平別駕遭父憂去職而益
未濯重罹大恤哀哀勞瘁鹽酪無嚌羸羸窮寮艸木

文學六朝途爲時亦源也

重襲光宅既卜塋陵是廬爰樹皆所躬服是以陶基
翔異常之鳥孔林茂不名之木誠孝所感貞祥萃焉
詔旌公門以表孝異服闋入爲太僕寺丞美風大振
嘉德秀行進階奉政大夫輿言畢頌僉望咸歸作善
無徵哲人其萎卒葬土橋溝之先塋禮也嗣六人
或敷仁東土或司憲西臺次亦冠服巍峩塲屋騰進
莫不濟濟杜葉敷周道之清陰韡韡棠花曜虞廷之
彩色也共恥甁罄咸感川流仰止高山戀餘光之眇
眇俾裁樂石表揚德之玄玄銘曰峩峩劉公於昭令

德博文約禮孝思維則風猷高遠儀範莊翼游稅故
園觀光上國明珠無類爲世所珍良材不器用之於
民日居月諸風行政成昊天不弔橫罹大遞孝矣我
公飲糜服十餘欒棘人哀哀嚴父負愧芳林引息中
野嘉木是茂異禽來下天子　有詔式旌公閭入班
朝列其德勿渝譴兮不虞膾兮巧讒大化奄忽投軌
泉途蕭蕭白楊戚戚蒿里萱葉朝摧悲風夜起吁嗟
我公傷如何矣德音無窮永瞻桑梓

吳東妻周令人墓誌銘

令人諱某字某蘇州雙鳳人也本乎公族稱為閔氏舍勤于趙門推諤諤昌忠于漢廷對期期盛德之後必有淑人積慶之餘式生良媛令人慧質外朗不待學于師氏蘭情內映自能合于女史顰笑亦式纖穠合度美婦淑慎日思古人鍾郝明敏皆稱士女及乎旭日始旦三星在天乃嬪于雲山吳氏為夫子宜之有琴瑟之和舅姑稱之蠶桑梓之儆豈惟工深絲素秋禰紃組且以禮備蘋蘩宜其家室矣年二十有二以弘治七年四月十七日寢疾而卒凡歸吳氏十有

九旬歟二十八日壬寅塟于興賢里附先塚也夫彩
雲易散玉簪中折灰淵不鑪雖覩陰中之匪雨鈴輿
感但留中上之香嗚呼天乎有德柔者必壽顔茲懿
行不永遐齡何哉得非天奪其信禦食其言歟段婦
高標節孃獨傷其年少劉妻有德彥升乃述以貞銘
其後□爲本姬姓吳乃子國崇其婚媾偶望齊德坤
綱□□場刷詩陎色既丑伯姊尨飾言容人稱郝法尼
談謝風才溢殊瑶操均寒松天道無知殞人斯喪晉
使遠集秦醫徒望香斷銀爐塵流華帳賓寮憶修山

鳳作房當

川增愴單殞淑德夫失良相百歲之後寃其同塋

徐君墓誌銘

夫積德垂裕之謂仁全歸保終之謂智繼志述事之謂孝放情任好之謂達四者吾于徐君見之君諱某字某山西永年人也烈祖思賢祖仲良父友諒皆純德內華高風外朗徜徉泌水徲徯丘園河嶽分靈神祇劾祉薦生君子爲鄉具瞻岐嶷天成謙冲氣受悅詩敦禮綜典博文率履不違一諾靡宿早有無恃之戚公靡恤爲哀無歸是悼且太夫人高年在堂君猶

觀之周序習禮魯宫感棘心之詩傷愛日之諺遂捐
業歸養傳曰孝在養親君以之哉孔懷二三怡怡就
慈偕稱周士承承循義竝美殷仁稟命不融成化七
年七月二十七日遇疾而卒得年七十有六娶曰氏
再娶程氏子三人鳳毛分丹穴之秀麟角遺甫非之
芝蘚縣褎蒸各行其志以爲懿德亡述鐫貞琰銘用
昆展豐詞于玄室昭懿行于來世詞曰光光徐君惟
德之府周旋中規折亦合矩康莊整駕孔邇布武夙
踐閔凶其泣洸洸芹宫弃勳萱庭奉歡兄弟好合聯

周竝旋天何傷哉不假其息華堂徹樂泉臺起宅雲霎升車青松改色哀禱後昆刻銘茲石永永不刊昭于千億

許天錫妻高氏墓誌銘

高貞字閨德吳縣鳳凰鄉人其先出自姜姓鄭有渠彌齊有無不枝布葉分寔始宗祧令人早值家艱遘車就聘溫淑閒靜與性俱成歷堂仰侍由房下撫恭舒竝得其[illegible]閾反乎傍族姻連既云覽妻外[illegible]居[illegible]十一非德[illegible]命也傷哉春秋二十九

而卒弘治八年歲在乙卯八月兩甍悲夫柳軒嘗論

鶯鶯惜在燕之興亡豺載道蟠龍失隱鏡之姿居懷

乃騎孤女冉號弔客紛紜僮僕噓嗟于是述德作銘

表于玄廬銘曰睢睢令人受質自天壺內不驚室外

何專壽不周德福不偏賢芝之玉楚摧傷復何言引紼

闔嗟生順死全昭茲令名億萬斯年

徐廷瑞妻吳孺人墓誌銘

孺人姓吳氏諱素寧蘇之長洲人大父某母王氏生

正統甲子二月二日年十七歸徐廷瑞正德戊寅十

月初九日卒得年七十以卒之年十二月八日葬武丘鄉子旻娶何氏女三長適葉璋次適寅次適張銘孺人性好紡績自廟見而抵於垂疾幾六十年自旦至暮未嘗一日不在筐篚之側雖祈寒盛暑不廢也性稟節儉虀鹽之外不求兼味及不好佛事自信以爲修短有算禍福有數天道不可邀冀得也故梵咒之音未嘗出口寅爲女婿三十年內言不聞非儀兩絶親所豫見故爲銘其墓之戸銘曰孺人之德兮紡績是躬没齒不息兮繭絲是工殺予全歸兮在此曲

室中福利後昆兮萬世無窮

唐長民壙誌

長民余弟申之子也母姚氏余宗不繁自曾大父迄先府君無有支庶余又不育暨有此子也兄弟駢肩伶之年十二穎慧而淳篤在父母側未嘗仰視跛步讀書夜必踰甲乙其興亦未嘗至漏盡也有鬧必讀余是外更無他適余每心計曰唐氏累世植德耳目所指摘而言者五代矣閭門巷塗稱爲善士無有譏者天必祐之振起其宗及余領解都下頃以口遇感

遺而猶冀有此子也今不幸以死又將何所賴也豈
余凶窮[illegible]極敗壞世德而天將剪其宗耶而余束髮
行義壹揆豆羹兄弟歡怡口無莠言行不詭隨仰見
白日下見先人無忝于衷昊天不聽喪我猶子誠爲
善之無徵矣於乎寃哉嗚乎痛哉卜以卒之年正德
戊辰九月丙午去死之日凡三月瘗城西五里晉昌
舊阡殤之穴陵谷遷移誌銘壙首吮筆命詞涕之無
從銘曰昊天不聽剪我唐宗寃哉死也斯童兄弟二
人將何從維命之窮

墓碣

沈隱君墓碣

惟隱君諱誠字希明姑蘇長洲人也體履柔嘉天姓猶潔聰明哲知慈良溫舒學貫列經博綜羣言艸木昆蟲太極天文殫究畢該罔有遺捐修身以道修道以仁一芥之微不與不取郡辟賢良邑斯而作上不貢援下不號助故香艸能揚芬于尺澤蒿累甘委榮于中田也乃修困亨之道操獨行之志茂嘉貞之節達圖數之變懿德無涯淵仁靡極年七十寢疾不祿

弘治六年五月乙卯卒前期浹月悉燬所著書牘啟
事之夕怡然無詞斜幅斂形酌靡寔口所謂放光彩
以月流樂天命而無疑者已友生門徒哀德不耀悼
道無聞以爲沒身不稱聖哲之恥厚德流光古昔同
云所以召公沒而周畀成季子塟而孔碑阜考行定
名謚曰靜邁乃與援翰述蹤傷蠖屈于玄墟作銘慰
從刊鴻伐于玄珪其詞曰於穆隱君昭慈德芳繼聖
作哲休有烈光狷潔自矢蹈義履仁州司貢登移孝
就忠車未竟途翻然敗翔乃執其雌鼎日允方泚水

述得淺前有致

洋洋驕愉不忘耽經咀義衍衍閈閈董冠六五區别以分而珪而璋覩頻亦揚皇矣上帝帝賦職不平大命傾攆神邀鬼藏念彼恭人中心永傷立言紀行兆民所藏刊勒彝石貽于無疆永矢勿虧　文百蕃昌

墓表

吳君德潤夫婦墓表

吳君德潤卒柱國太原公誌其墓曰余門弟子也蹇才且賢大司寇彭城公曰德潤余筆硯友也爲文其碣其子東又丐撫二公之詞以表之按德潤諱裕大

艾有成父孟恭母施氏俱高爵自晦生君髫齔夙成九歲補府學弟子文名籍甚有司以高選七舉入場屋不得第驌驦塵埃中者幾五十年蹉跎硯不勝疲勞以廩食積年資貢成塲計皆得官年將不可待矣於是謁歸故鄉家素號饒貧門樾臨通渠巨區臨其前姑蘇諸山映帶之君為樓其閒名曰海天煙林雪浪日接几席又三十年以卒配金氏弋陽縣諭式周之姝有賢德行以君屑屑未繁爲納側室陳氏以恩禮接遇之有关嬌之風焉君與孺人生卒皆同年遂

論猶似評

自景泰壬申抵正德丙子得年六十有五東娶俞氏側受醫學正科未即真孫三娶某君少力學英邁出一時坎壈至衰老不遇知賞蕭然拂衣將放歌山水間以適其性爲高養與鐘鳴漏盡不知休息者異矣且其温恭靖嘉居鄉閭以朴素廉介絲微而過宗黨中類周鱗不遺出處不苟且與時存殁不違其常古君子之人也是爲表之

祭文

祭妹文

嗚呼生死人之常理必非有賴而能免者唯黃耇令終則亦歸責於天而不為之寃隱然疾痛之心久亦為之漸釋也吾生無他伯叔惟一妹一弟先君飄寓之昏且弟尤稚以妹幼慧而溺焉迨于移牀幪為不藏賓此沒齒之疼也爾來多故營喪辦殯備歷艱難扶攜窮厄既而戎疾稍舒遂歸所天奈淺而內艱作弔赴繼來無所歸咎吾于其死少且不傚支骨之痛何時釋也今秋爾家襲作簪纓以有此兆宅來朝駕車幽明妹途永絕觸目是庶物用為祖餞爾其有

靈必歆吾物而悲吾詞也於乎尚享

疏文

治平禪寺化造竹亭疏

竊聞調御丈夫身無利而不現歲寒君子心體寂而長虛孰云草木之無知皆是龍神之擁護茲者治平禪寺搆基南渡勝槩東吳聖凡同所依依湖上鍾其秀麗莊嚴佛土孰云寸草不生回向塵勞便是六根清淨是以秀巖和尚擊節而悟空清平禪師指竿而說法意欲前輩僉發中情謀建竹亭翼輔蘭若清波

池水足詠檀欒土地伽藍寬空鑒證撰茲尺牘用告
大方開三徑以招賢看筍根之稚子種十箇以醫俗
延林下之清風幸拾餘貲共成勝事謹疏

啟

送廖通府帳詞啟　代

竊以星分牛斗姑蘇彈壓江東職列賓僚糧餉總司
判左委付爲　朝廷之重寄疆域定天地之奧區妙
選賢才方爲注授蓋出　祖宗之成憲俾求民物之乂
安恭惟汝南廖大人先生世德之英華名門之領袖

白雲驛芬 元豐推正字之博文世緑名堂紹聖仰中丞之虛擎鳳毛異彩麟趾多仁發跡賢科敘萬里青雲之隙超登仕版開一方赤子之天學則爲四庫之宗師政則爲多方之矜式氷清蘗苦律身之道有嘗鏡宗衡平宇物之權無爽歲輸三百萬事集而民不不勞考最第一人銓擬而衆心皆服三年報政將獻績於廣廷千里戒裝聽歌騶於祖道某忝同僚采猥攝筏於應宿之司久浹音輝感贈言於各天之別借詠同事共舉離樽詠秋水之芙蓉輒成短調攀闌門

白雲書[illegible] 十七

之楊顧得看高澄鄱陽而鳳凰鳴應召公之雅什瑤浪而無際徙符莊子之真經詞曰蓮花幕府滯儒才梧葉秋風謁帝臺七縣蒼生攀四馬一輪明月上三台　雞唱發別尊開佳名先自動春雷調和鼎鼐梅鹽味專待蒼龍大手來　右調鷓鴣天

論

蓮花似六郎

嘗讀史唐武氏幸張昌宗或譽之曰六郎面似蓮花內史楊再思曰不然乃蓮花似六郎耳嗚呼蓮花之

與六郎似耶不似耶縱令似之武氏可得而幸耶縱令幸之再思可得而諛耶以人臣侍女主褻也昌宗之罪也以女主寵人臣媟也武氏之罪也以朝紳諛嬖幸諂也再思之罪也古之后妃吾聞有葛覃之儉矣有樛木之仁矣有桃夭之化矣未聞有美男子侍椒房也漢呂氏始寵辟陽侯其後趙飛燕多通侍郎宫奴治及魏晉而婬風日以昌矣然未有如武氏之甚也自白馬寺主而下其爲武氏之所幸者非一人矣然未有如昌宗之甚也彼其手握王爵口含天憲

吹之則春葩頓萎噓之則冬葉旋榮以故憸夫小人爭爲諂媚后嘗衣以羽衣吹以玉笙騎以木鶴號曰王子晉則人皆子晉之矣俄而稱子晉爲六郎則人皆六郎之矣俄而諛六郎爲蓮花則人皆蓮花之矣然未有如再思之甚也故獨曰蓮花似六郎夫蓮之出青泥標綠水可謂亭亭物外矣豈六郎之淫穢可比耶彼似之者取其色耳若曰蓮之紅艷后可褻之而忘憂矣蓮之清芳后可挹之而蠲忿矣蓮之綽約后可與之而合歡矣金莖之露可共吸焉玉樹之花

可共歌焉薔薇之水可共浴焉上林春暖蓮未開也對若人而蓮已開可以醒海棠之睡矣太液秋殘蓮已謝也對若人而蓮未謝可以增夜合之香矣一切奉宸遊娛聖意非蓮花其誰與歸此之尊之寵之之意極矣而再思猶謂不然將以蓮出乎青泥垢也若六郎自有儇種不啻天上之碧桃乎蓮依乎綠水卑也若六郎自有儇根不啻日邊之紅杏乎蓮有時而零落非久也若六郎顏色常鮮不啻月中之丹桂乎以蓮之近似者人猶寶焉惜焉壅焉植焉而況真六

郎乎是故芙蓉之帳僅足留六郎之寢菡萏之盃僅足邀六郎之歡步步生蓮僅足隨六郎之武柳眉淺黛藉六郎以描之蕙帶同心借六郎以結之鏡吐菱花想六郎而延佇户標竹葉望六郎而徘徊此再思之意也不惟是也藉蓮者護其風霜防其雨露剪其荆棘培其本枝今六郎恩幸無比而尋斥若元忠者非其荆棘乎則竄之如易之者非其枝葉乎則寵之賜以翠裘恐露隕而蓮房冷也傅以朱粉恐霜落而蓮衣褪也此再思之意也不惟是也枝有連理花有

並頭以六郎之矣蓮且不及宜后之纏綿固結而不可解矣是故九月梨花后以爲瑞也再思則以九月之梨不若六郎之蓮白花速夜發莫待曉風吹后以爲樂也再思則以百花之節不若一蓮之艷不信比來常下淚闢籍驗取石榴裙后以爲悲也再思則以蓮花常在件而石榴可無淚極而言之桃李子之丕基可爭也六郎之恩寵必不可一日而奪黃臺瓜之天性可傷也六郎之情好必不可一言而傷使后與昌宗如蔦蘿相附如葭莩相倚如藕與絲之不斷夫

然後慨再思之意乎甚矣其謟也嗟乎伊其相謔贈之以芍藥刺士女之婬奔也期我乎桑中要我乎上宮刺公族之婬奔也牆有茨不可埽也中冓之言不可道也刺國母之婬奔也況武氏以天下之母下寵昌宗汙穢淫媟無復人禮此尤詩人所痛心志士所扼腕也是故對御而譏之有如植桃李之懷蕤矣置獄而訊之有如詠楊花之疵乎矣始許而終拒之有如蓬生麻中之張說矣所謂正人如松柏也若再思者所謂小人如藤蘿也已而似高麗則高麗之

人面似蓮花則蓮花之不知五王之兵一入二豎之脊臣懸一時凶黨如敗荷殘芰零落無餘而滙沼中之蓮花自若也尚安得六郎之面與之相映而紅哉嗟乎禍生有基禍生有階唐之先高祖私其君之妃太宗蒸其弟之婦高宗納其父之妾閨門無禮內外化之是故人臣亦得以烝母后而當時諂諛之子如再思者若以爲禮固宜也一傳而韋氏三思其蓮花矣再傳而楊氏祿山其蓮花矣蓬萊別殿化爲麀聚之場花萼深宮竟作鶉奔之所而題詩紅葉者且以

爲矣議矣此皆創業垂統之所致也於武氏何尤於昌宗何尤于再思何尤

表

擬瑞雪降羣臣賀表

伏以瑞發六花式覩化工之妙祥徵三白允昭聖德之符冰鏡飛瑞璇空墮玉萬井之豐穰已卜九重之泰祉方來恭惟皇帝陛下道合混元心涵太素宰陰陽之橐籥操造化之樞機祈答祈年精意久通於碧落宜禾宜黍先徵遂兆於玄

冥萬里璃瑤凍起玉樓之粟一天星斗光生銀海之
花上下同雲山川一色從風翔舞旋驚朧月梨花隨
霰飛揚忽訝陽春補綴回青山而改白妝金屋以成
銀璃宇珠宮恍惚神僊之宅銀屏玉案似非人世之
居見狡兔之潛蹤想遺蝗之入地聞鴈聲於遠道印
鶴趾於空庭瑤艸琪花一望樓臺澄徹竹籬茅舍千
家山郭精神潇灑飄僧舍之茶烟暗滅高樓之酒力月
明海嶠騷人回剡曲之船雲開山谿豪客覓灞橋之
句忽訝　光明於一夜兆開饒洽於三農　花萼樓

頭。月色溶溶並潔。　芙蓉掌上。露華湛湛俱零。信
大道之感通。乃　靈麻之叶應也。臣等窮檐寒士。淡
谷鄙儒。令名久謝於袁安。芳躅敢齊乎東郭。坐爨儒
袖。看玉宇之長輝。即擁梨雲。慶搖天之不夜。收歸詩
草。掃入茶爐。自戢騷壇。莫效惠連之賦。清遊勝地。難
償荀鶴之章。伏願　學懋光明。　道臻潔白。　訪韓
王之大計。　登程氏之真儒。　正學受言。馬跡絕藍
關之道。　閑闢謝虜。羊獨無紫之幽。慶玉燭長熙。
九野樂春臺壽域。而搖華永爍。　四方安桂海冰天。

贊

達磨贊

這箇和尚與做達磨一語說不來九年面壁坐人道是觀世音化身我道他無事討事做

鍾馗贊

烈士骨不可屈烈士精久乃存瞋爾目階可觸正爾心邪可擒欽爾風望爾容貌魑魅咸潛蹤千秋之下真英雄

贊林酒僊書聖僧詩後

不癡不顛是佛是僊開眼飛走閉眼喫酒拈手須彌着境嬰兒日午夜半打乖老漢

聯句

戊寅八月十四日夜夢神制其中一聯云

天開泰運咸集璚館之文章

民復古風大振金陵之王氣

題畫倚三聯

寒雨落空翠涼蟾疎影靜

新梢只帶粉繁影脆抽心

新秋影牕明月落高人欹枕宿酲醒

袁中郎先生批評唐伯虎彙集卷四終

袁中郎先生批評唐伯虎傳贊

唐寅字伯虎，一字子畏，吳縣吳趨里人。有俊才，博習多識。善屬文，駢驪尤絕，歌詩婉麗，學劉禹錫。爲人放浪不羈，志甚奇，沾沾自喜。衡山文林自太僕出知溫州，意殊不得。寅作書勸之，文甚奇偉。林出其書示刺史新蔡曹鳳。鳳奇之曰："此龍門燃尾之魚，不久將化去。"寅從御史考下第，鳳立薦之，得隸名末，果中式第一。先是洗馬梁儲校寅卷，歎曰："士固有若是奇者耶！"解元在是矣。儲事畢歸，嘗從程詹事敏政（敏政）方詔典會試儲執危請曰僕在南都得可與來者唐寅爲最且其人高才如此不足以畢其長惟君卿獎異之敏政曰吾固聞之寅江南奇士也儲更請寅三事曰必得其文觀儲令寅具艸上三事皆敏捷會儲奉使南行寅感激持帛一端請敏政乞文餞徙被逮竟因此論之寅罷歸朝臣多歎惜者歸無幾緣故去其妻寅初爲諸生嘗作悵悵詩允與其事合蓋詩讖也後作多怨音每謂所親曰枯木朽株樹功名於時者遭也吾不能自持使所建立置之可憐是無枯

材之遭而傳世之休嗚有矣許稽杖旅霜苟延奚爲後復感激曰大丈夫雖不成名要當慷慨何乃效楚囚因圖其石曰江南第一風流才子

論曰伯虎以不能謹行終身歷落欲施於世者可以觀矣其所遠事不可知就其家論之不裕縱使果然世之爲市科目者多而彼獨自著豈非命與且如伯虎之才授之底石何愧惟其不克令終豪士亦解骨也

長洲閻秀卿撰

唐寅字伯虎雅資疎朗任逸不羈喜翫古書多所博通不爲章句屬文務精思氣最俏厲嘗負淩軼之志庶幾賢豪之蹤俛仰顧眄莫能觸懷家貲微亦而縻習儇汰不能自裁日以單癖踽然處困銜杯對友引鏡自窺輒悲以華盛時榮名不立倏河之淸人壽幾何恐世卒莫知沒齒無聞悵然有抑鬱之心乃作昭恤賦以自見又嘗自論曰嗟乎唐生何志之肆而材之縮邪若使剖質相明亦足以彰偉觀流薄曜也素伉於意氣怪世交鄙其要盟同兄死生相護毋遺舊

恩故長者多介其詩彙云

系曰有鳥驕斯高飛提提飲擇清流棲羞卑枝傲蕩激昂操比俠士超騰踔詭又類君子長鳴遂激顧命儔侶偎叙苦辛仍要素髓與子同心願吞不移恒其努力比翼天衢風雨凌敝永勿散飛天地閉合乃絕相知

吳郡徐禎卿撰　國子博士

唐寅字子畏一字伯虎蘇州人舉應天鄉試第一坐事廢坦夷疎曠冥契禪理弱居庠序漫負狂名著廣

志賦、暨連珠數十首，跌宕融暢，傾動羣類，青谿倪公見之，亟稱才子，以故翰苑先輩爭相引援，驕妒互會，竟陷禍阱，棄落之餘，益任放誕，邪思過念，絶而不萌，託興歌謠，殉情體物，務借俚耳，罔避俳文，雖作者不尚其辭，君子可以觀其度矣。今司馬袁袠所刻僅僅數篇，則其絶詣也。

贊曰：嗟嗟伯虎，孰廣爾志？登臺則流，靡下斯滯，生滅既一，寵辱奚驚！上善若水，是生令名。

姑蘇顧璘撰，刑部尚書

唐六如先生寅，字子畏，一字伯虎，吳縣之吳趨里人。以諸生舉鄉試第一。嘗赴會試，而有所同載者以賄主司得題事株累，能爲吏，謝弗就。先生才高，少嗜聲色，既坐廢，見以爲不復收，益放浪名教外。嘗一赴寧王宸濠聘，度有反形，乃陽爲清狂不慧以免。卒年五十四。先生之始爲詩，奇麗自喜，晚節稍放格，諧俚俗，冀託於風人之指。其合者，猶能令人解頤。畫品高甚，在五代北宋間。今像頗質而野，顧猶褻太學衣，褚若卑戴者，可悲也。

贊曰奪汝薦冐以擽汝何恧讒而醜樸其外文其中[illegible]惜哉以樂窮以窮工藝乃終

瑯琊王世貞元美撰

卧先生批評唐伯虎傳贊終

伯虎嘗夢有人惠墨一囊。龍劑千金。由是詞翰繪素擅名一時。因構夢墨亭。晚年寡出。常坐臨街一小樓。惟乞畫者攜酒造之。則酣暢竟日。雖任適誕放。而一毫無所苟。有言志詩云、不鍊金丹不坐禪。不爲商賈不耕田。閒來寫幅青山賣。不使人間造孽錢。

今之不使造孽錢者誰乎

伯虎作洗桐圖。左列高梧一株。孤竦秀特。枝葉間有生氣。一童子捧盂。一老人方袖鶴立。灑措作洗滌

設其運筆細潤幾同繭絲惜老人冠首爲稚子少損然亦不減連城湧晨展翫覺凉氣颯颯令人神爽也

伯虎常見降僊令對云雪消獅子瘦乱郎書云月滿兔兒肥又令對云七里山塘行到半塘三里半乱郎書云五谿蠻洞經過中洞五谿中

伯虎嘗畫臨江一小亭象山環之一人角巾白帢凭欄遠眺超然有象外意遂題詩其上云落日山逾碧孤亭景自幽蒼江寒更急客興自中流又嘗作

春圖一幅圖中美人以綠蕉一葉爲扇風味灑然當屬神品。

伯虎壽王少傅守谿詩云。綠蓑煙雨江南客。白髮文章閣下臣。同在太平天子世。一雙空手掌絲綸。其肆慢不恭如此。

伯虎嘗出遊遇雨。過一皁隸家。出紙筆乞畫。伯虎戲作海蛳數百。遂題其上云。非螺非蛤亦非蟶。海味之中少此君。千呼萬呼呼不出。只待人來打窟臀。

反爲占拙步矣

妙甚
快甚

唐六如雅不喜燒煉。一日有術士求見。唐問君術何如。術士具述其妙。以爲世罕有遇之者。唐云。先生旣有此妙術。何不自爲。而見及于鄙人耶。術士云此術雖吾所有。而僊福不易。吾閲人多矣。而僊風道骨無如君者。今君有此福。而遇吾有此術。合而爲之。鮮不濟矣。唐笑曰。如此則易矣。吾有空房在北城頗僻靜。吾但出僊福。君爲修煉。煉成而各分之。無不可者。其人猶未之悟。日造門。乃出一扇求詩。唐大書于扇曰。破布衫巾破布裙。逢人便說

妙妙

燒銀君何不自燒些用擔水潑頃奇生心始大驚而去此等人今尚遍世界也更可發笑

宸濠甚慕六如嘗遣人持百金至蘇聘之既至處以別館待之甚厚六如居半年餘見其所爲多不法知其後必反遂佯狂以處宸濠遣人饋物則倮形箕踞譏呵使者返命宸濠曰孰謂唐生賢直一狂生耳遂遣之歸

伯虎嘗夏月訪祝京兆枝山枝山適大醉倮體縱筆疾書了不爲謝伯虎戲謂曰無衣無褐何以卒歲

枝山遽荅曰。豈曰無衣。與子同袍。
伯虎與張夢晉祝允明皆任達放誕。嘗雨雪中。作乞
兒鼓節。唱蓮花落。得錢沽酒。野寺中痛飲。曰此樂
惜不令太白知之。　談甚妙甚
江陰舉人徐經者。其富甲江南。六如舉鄉試第一。日
經奉之甚厚。遂同舟會試至京。六如文譽籍甚。公
卿造請者。闐咽街巷。徐有優童數人。從六如日馳
騁於都市中。都人屬目者已衆矣。況徐擁厚貲。其
營求他徑以進。不無有之。而六如疎狂。時漏言語。

竟坐削籍

唐子畏請九僊祈夢。夢人示以中呂二字。唐人莫知其故。後訪同邑閣老王鏊于山中。見北壁間揭東坡滿庭芳詞。下有中呂字。子畏驚曰。此乃夢中所見也。誦其詞。有百年強半。來日苦無多之句。默然歸家。疾作而卒。年五十四。果應百年強半之語。

吳令欲于虎丘採茶。命役責牌。嚴督諸僧。役奉牌需索。僧無以應命。役即繫僧歸邑。令大怒。笞之三十。號令還衙。僧恇遽。計無所出。知令雅重伯虎。厚幣郭志伯虎拒不納一日出遊乃戲題其枷上曰皁隸官差去採茶只要紋銀不要賒縣裏捉來三十板方盤托出大西瓜令出見詢僧僧對云唐解元所題也因大笑釋之

伯虎與文徵仲交誼甚厚乃其情尚固自殊絕伯虎希哲兩公毎欲戲之一日偕徵仲同遊竹堂寺伯虎先囑近寺伎者云此來文君青樓中素稱豪俠第其性猝難狎若輩宜善事之伎首肯已密伺所謂文君者兩公乃故與徵仲道經狎邪伯虎曰概

之伎，卽固邀徵仲，苦不相釋。徵仲悵然曰：「兩公謂我耳。」遂相與大笑而別。

文徵仲素號端方，生平未嘗一遊俠邪。伯虎與諸伎客，縱飲石湖上，先攜伎藏舟中，乃邀徵仲同遊。徵仲初不見也。酒半酣，伯虎岸幘高歌，呼伎進酒。徵仲大詫，辭別。伯虎命諸伎固留之。徵仲益大吽，幾赴水，遂于湖上買蚱蜢逸去。徵仲亦太癡，然亦自趣。

唐子畏、祝希哲兩公浪遊維揚，極聲伎之樂，費用乏絶。兩公戲謂鹽使者課稅甚饒，乃僞作玄妙觀募緣道者。衣冠甚偉。詣臺造請焉。鹽使者大怒叱之曰。爾獨不聞御史臺霜威凜凜耶。何物道者。輒敢輕造乎。兩公對曰。明公將以貧道爲遊食者與。非敢然也。貧道所與交。皆天下賢豪長者。即如吾吳唐伯虎祝希哲輩。咸折節爲友。明公不棄。請奏薄技。惟公所命。御史霽威。隨指牛眠石爲題。命兩公賦之。兩公立就一律。其詞云。嵯峨怪石倚雲間。唐拋擲于今定幾年。祝苔蘚作毛因雨長。唐藤蘿穿鼻任風牽。祝從來不食溪邊艸。唐自古難畊隴上

區祝怪殺牧童輒不起書箇聲斜推夕陽墮祀御
史得詩笑謂兩公曰詩則佳矣意欲何爲兩公進
曰明公輕財好施天下莫不聞今如蘇玄妙觀圯
甚明公倘能捐俸葺之名且不朽御史大悅即檄
下長吳二邑資金五百爲葺觀費兩公得檄遂扁
舟歸投檄二邑更修刺往謁二尹詐爲道者關說
得金果如其數乃悉召諸伎及所與遊者暢飲數
日輒盡異日鹽使者按吳肅儀謁觀見廟貌傾圯
如故召長吳二令責之令對曰奉明公檄適唐解

元伯虎祝京兆允明兩公云自維揚來極道明公為此勝舉令郎畀金如數久矣鹽使者悵然心知兩公然惜其才名不問也

此事亦妙然不可無一不可有二

有客登山賦詩伯虎作乞兒狀戲謂曰諸君今日賦詩能容乞子屬和乎客大詫已而戲曰試為之伯虎索紙筆大書一字畢遂行客大笑追之伯虎復書一上四字畢求去客曰吾固知乞兒無能為也伯虎笑曰吾性耆酒必飲而後作詩君能惠我酒乎客遂浮白示之曰若能賦當令若盡醉不然雖

免若責也伯虎復大書又一上三字客撫掌相譁曰此可謂能詩耶益窘之伯虎揮毫又一上二字諸客皆絶倒伯虎進曰吾待飲久矣其欲先生作詩乎否耶遂舉酒一飲輟盡援筆續成一絶云一上一上又一上一上一上直到高山上舉頭紅日白雲低四海五湖皆一望客大奇之相與即席盡醉而返竟不知其何許人也

此事大奇亦大趣

唐子畏被放後於金閶見一畫舫珠翠盈坐內一女郎嬌好姿媚笑而顧已乃易微服買小艇尾之抵

驍騎知爲某仕宦家也。日過其門，作落魄狀求書者。主人留爲二子傭，事無不先意承旨，主甚愛之。二子文日益奇，史師不知出自子畏也。已而以娶求歸，二子不從，曰：室中婢惟汝所欲，遍擇之。得秋香者，即金閶所見也。二子白父母而妻之。婚之夕，女郎謂子畏曰：君非向金閶所見者乎？曰：然。曰：君士人也，何自賤若此？曰：汝昔顧我，不能忘情耳。曰：妾昔見諸少年擁君出，素扇求書畫，君揮翰如流，且歡呼浮白，傍若無人，睨視吾舟，妾知君非凡

只有交情不散

士也乃一笑耳子畏曰何物女子于塵埃中識名士耶益相歡洽居無何有客過其門主人令子畏典客客于席間恒注目子畏客私謂曰君何貌似唐子畏子畏曰然余慕主家女郎故來此耳客白主人主人大駭列于賓席盡懽明日治百金裝弃婢送歸吳中此女大不俗得子畏爲配亦一笑爲之媒耶○然子畏亦可謂有心人矣

伯虎以文章發科作詩畫有盛名誌傳載之詳矣易簀時取絹一幅題其上云生在陽間有散場死歸地府亦何妨黃泉若遇好朋友即當飄零在異鄉

擲筆而逝。夫觀此詩，乃知先生蓋不以生死介於
者

正德丙寅，六如爲一狎客作水墨桃杏二枝在一扇頭，將伺暇作新詞題之。其人持去，爲狂生大書詩句于前。六如見之怒甚，取筆泚墨淋漓，一抹詩畫盡墨。時楊禮部五川儀年方十九，在側，就索以水筆洗滌新墨，狂生之跡幾滅，計不能盡去，乃因字删改良久，扇亦曬乾，遂塡補成長相思一調云：桃花紅，杏花紅，兩樣春光便不同，各自逞芳容。倚

京風笑東風綠葉青枝共一叢靜愛碧煙[illegible]

甚加歎賞。

伯虎與張靈俱爲郡學生博古相上適鄞人方志來督學惡古文詞察知寅欲中傷之靈絕鬱不自遣寅曰子未爲所知何愁之甚靈曰獨不聞龍王欲斬有尾族蝦蟇亦哭乎

對玉環帶清江引春去春來白頭空自挨花落花開朱顏容易改世事等浮埃光陰如過客休慕雲臺功名安在哉休想蓬萊神僊真浪猜清閒兩字

迷難覺。苦惱身拘礙。人生過百年。便是超三界。此外別無閑計策。二極品隨朝。疑是俔官保。百萬經殿。誰似姚三老。富貴不堅牢。達人須自曉。蘭蕙蓬蒿。看來都是艸。鸞鳳鴟梟。算來都是鳥。北邙路兒人怎逃。及早尋權樂。痛飲百萬觴。大唱三千套。無常到來猶恨少。二 禮拜彌陀也難憑信闍羅也難回避。他枉自苦奔波。回頭纔是懸河也須牢閉。阿手是彈戈也須[illegible] 呵呵聰明越快活。省了些閑災禍家私 多

須大我。笑別人人笑我。叫　莫鼓晨鐘聽得
春燕秋鴻。看得哨眼朦猶記做孩童。俄然
休逞姿容。難逃青鏡中。休使英雄。都堆薔
算來不如閒打哄。枉自把機關弄。跳出麪
破酸虀瓮。謊走偓惺誰懵懂。

黃鶯兒六首　一　羅袖捲春寒。對花飛。淚眼潸。無心拈
弄閒簫管。塵迷鏡鸞。愁埋枕山。蘼蕪草綠王孫遠。
倚闌干。叮嚀魚鴈。風水路途難。二　蝴蝶杏園春。惜
芳菲。紅袖人。東風九十愁纏病。羅衣懶熏。蟬蛾懶

鬢。煙波魚鳥無音信。夜黃昏。空庭細雨。燈影伴孤
身。三　寒食杏花天。鳥啼春。人晏眠。一簾飛絮和風
捲。芳菲可憐。相思苦纏。等閒鬆了黃金釧。悶懨懨。
朝雲暮雨。亮夢遶巫山。四　細雨濕薔薇。畫梁鬧。燕
子歸。春愁似海深無底。天涯馬蹄。燈前翠幕。馬前
芳艸燈前淚。夢魂迷。雲山滿目。不辨路東西。五　風
雨送春歸。杜鵑愁。花亂飛。青苔滿院朱門閉。燈昏
翠幃。愁攢翠眉。蕭蕭孤影汪汪淚。惜芳菲。春愁幾
許。碧艸遍天涯。六　秋水瀟芙蓉。雁初飛。山萬重。行

人。道。路。佳。人。夢。朝霜漸濃寒衣細縫剪刀牙尺聲

相送。韻叮咚。誰家砧杵。敲向月明中。

袁中郎先生批評唐伯虎紀事終

唐子畏墓誌銘

友人長洲祝允明撰

子畏死，余爲歌詩往哭之慟，將墓，其弟子重請爲銘。子畏余肺腑友，微子重且銘之。子畏性絕穎利，度越於士，世所謂穎者，數歲能爲科舉文字，童髫中科第一，四海驚稱之。子畏不然，幼讀書不識門外街陌，其中屹屹有一日千里氣，不或友一人。余訪之再，亦不荅。一旦以二章投余，絫時之志錚然，余亦報以詩，勸其少加弘舒，言萬物轉高轉細，未聞華峰可建都發憤天極峻且無外故爲萬物宗子畏始肯可久乃大勢然一意望古豪傑殊不屑事場屋其父廣德賈業而士行將用子畏起家致舉業師教子畏子畏不得爲父言廣德常語人此兒必成名殆難成家乎父沒子畏猶落落一日余謂曰子欲成先志當且事時業若必從己願便可褫襴幞燒科策今徒籍名泮廬目不接其册子則取舍奈何子畏曰諾明年當大比吾試捐一年力爲之若弗售一擲之耳即墐戶絕交往亦不覓時輩講習取前所治毛氏詩與所謂四書

考編討擬議祇求合時義戊午試應天府錄爲第一

人己未禮會試時傍郡有富子亦已舉於鄉師慕子

長載與俱北既入試二場後有他富子者捽於朝言

與主司有私并連子長　詔馳飭禮闈令此主司不

得閱卷并捕富子及子長付獄　詔逮主司出同訊

于　廷富子既承子長不復辯與同對簿于浙藩

歸而不御或勸少貶異時亦不失一命子長大笑竟

不行放浪形跡翩翩遠遊扁舟獨遊祝融匡廬天台

武夷觀海于東　南浮洞庭彭蠡暫歸將復踏四方得

疾久少瘉，稍治舊緒。其學務窮研造化，玄蘊象數，尋究律曆，求揚馬玄虛、邵氏聲音之理，而辨訂之，旁及風鳥、五遁、太乙，出入天人之間，將爲一家學，未及成章而殁。其於應世文字詩歌不甚惜意，謂後世知不在是，見我一斑巳矣。奇趣時發，或寄于畫，下筆輒追唐宋名匠。既復爲人請乞，煩褻不休，遂亦不及精詣。且巳四方慕之，無貴賤富貧，日請門徵索文詞詩畫，子畏隨應之，而不必盡所至，大率興寄遐邈，不以一時毀譽重輕爲趣舍。子畏臨事果，事多全大節，即少不合不問放知者誠愛寶之若異玉珍貝王文恪公最慎予可知之最深重不知者亦莫不歆其才望而娟嫉者先後有之子畏冀其土財貨或歆其惠譁且矯樂其菑更下之石亦其得禍之由也桂伐漆割害㑺旅特龐土物態亦何傷于子畏余傷子畏不以是氣化英靈大畧數百歲一發鍾于人子畏得之一旦已矣此其痛宜如何置有過人之傑人不歆而更毀有高世之才世不用而更擠此其冤宜如何戶子畏爲文或麗或淡或精或泛無常態不肯爲鍜鍊功奇思

常多而不盡用其詩初喜穠麗既又放白氏務達情性而語終璀璨佳者多與古合嘗乞夢僊遊九鯉神夢惠之墨一擔蓋終以文業傳焉唐氏世吳人居吳趨里子畏母丘氏以成化六年二月初四日生子畏歲舍庚寅名之曰寅初字伯虎更子畏卒嘉靖癸未十二月二日得年五十四配徐繼沈生一女許王氏國士履吉之子墓在橫塘王家邨子畏罹禍後歸好佛氏自號六如取四句偈旨治圃舍北桃花塢日般飲其中客來便共飲去不問醉便頹寢子重名申亦

佳士稱雖弟兄也銘曰穆天門兮夕開紛吾乘兮歸來翩隮桃夭兮故土回風衝兮蘭玉摧不兆卒兮猶褰回星辰下上兮雲雨瀧椅桐輪囷兮稼無滯穟孔翠錯璨兮金芝葳蕤碧丹淵涵兮人間望思

袁中郎先生批評唐伯虎外集終

六如唐先生畫譜目録

卷之一

卷之二

唐六如先生畫譜卷之一

吳趨唐　寅伯虎輯
吳郡何大成君立校

敘畫源流

張彥遠

夫畫者。成教化。助人倫。窮神變。測幽微。與六籍同功。四時並運。發於天然。非由述作。古先聖王。受命應籙。則有龜書效靈。龍圖呈寶。自巢燧以來。已有此瑞。庖羲氏發於滎河中。典籍圖畫萌矣。軒轅氏得於溫洛中。史皇蒼頡狀焉。是時也。書畫同體而未象。制肇創而猶略無以傳其意故有書無以見其形故有畫按字學之體六曰鳥書在幡信上書端象鳥頭者則畫之流（漢末大司空甄豊校字體有六其六曰鳥書即幡信上書鳥形也）顏光祿云圖載之意有三一曰圖理卦象是也二曰圖識字學是也三曰圖形繪畫是也又周官教國子以六書其三曰象形則畫之言也故曰書畫異名而同體也（周禮保章氏掌六書其六曰象形亦蒼頡之遺意也）洎乎有虞作繪繪畫明矣既就彰施仍深比象於是禮樂大闡教化由興故能揖讓而天下治廣雅云畫類也爾雅云畫形也說文云畫

畛也象田畛畔也釋名曰畫挂也以彩色挂象物也故鍾鼎刻則識魑魅而知神姦旂章明則昭軌度而備國制清廟肅而尊嚴登麟閣而知懼見善足以興惡是以戒留乎形容式昭盛德之事具其成敗以傳既往之蹤紀傳所以敘其事不能載其形賦頌所以詠其美不能備其象圖畫之制所以兼之也故陸士衡云丹青之興比雅頌之述作美大業之馨香宣物莫大於言存形莫大於畫此之謂也是以漢明宮殿贊茲粉繪之功蜀郡學堂義存勸戒之道馬后女子

尚顧戴君於唐堯石勒羯胡猶觀自古之忠孝豈同博奕用心自是名數樂地

制作楷模　　　　郭若虛

大率圖畫風力氣運固在當人其如種種之要不可不察畫人物必分貴賤氣貌衣冠釋像有善功方便之顏道流具度世脩眞之範帝王崇龍鳳天日之表外夷有慕華欽順之情儒賢見忠信禮義之風武士多勇悍英烈之氣隱逸識高世遯肥之迹貴戚尚浮華侈靡之容天帝明威福嚴重之儀鬼神作醜魗

趣之狀士女宜秀色婑媠之姿田家有醇[illegible]朴野之真。畫衣紋林石用筆全類于書。衣紋有重大而調暢者。有縝細而勁直者。勾綽縱掣。理無妄下。以狀高深卷摺飄舉之勢。林木有樛枝挺幹。屈節皴皮。紐裂多端。分敷萬狀。作怒龍虯蟠之形。聳凌霄干日之態。山石多作礬頭。亦為稜面。要見幽遠而氣雄。崢嶸而秀潤。畜獸須筋力精神。毛骨隱起。仍分牝牡飲齕動止之性。禽鳥須喙尾羽翰。文彩分明。仍別名類翔棲鳴食之形。龍悟蜿蜒升降。魚知跳躍游泳。或云龍須祈

似處耳似　山宜崒嵂。水用湯湯。屋木折竿無虧。

取筆墨之匀壯。深遠不失繩墨。要顯晦之精神。花木有四時景候。陰陽向背。在苞萼之後。先笋篠出數竿老嫩。雨雪風晴。具枝葉之垂綽。逮諸園蔬野艸。咸有生榮條達之性。融會貫通。闕一不可。凡畫氣韻本乎游心。神彩生于用筆。意在筆先。筆盡意足。雖不能盡夫賞閱之精。而工拙亦略可見。或有高人勝士。寄興寓情。當求諸筆墨之外。方爲得趣。

圖畫名意

郭若虛

古者秘畫珍圖，名隨事立。曲範則有春秋、毛詩、論語、孝經、爾雅等圖（上古之畫名遺其姓）○其次後漢蔡邕有講學圖○梁張僧繇有孔子問禮圖○隋鄭法士有明堂朝會圖○唐閻立德有封禪圖○尹繼昭有雪宫圖○觀德則有帝舜娥皇女英圖（亡名氏）○隋展子虔有大禹治水圖○晉戴逵有列女神智圖○宋陸探微勳賢圖○忠鯁則隋楊契丹有辛毘引裾圖○唐閻立本有陳元達譟諫圖○吳道子有朱雲折檻圖○

高節則有晉顧愷之祖二疏圖○王廙有木鷹圖○宋史藝有屈原漁父圖○南齊蘧僧珍有巢由洗耳圖○壯氣則魏曹髦有卞莊刺虎圖○宋宗炳有獅子擊象圖○張僧繇漢武射蛟圖○寫景則明帝有輕舟迅邁圖○衛協有穆天子宴瑤池圖○史道碩有金谷園圖○顧愷之有雪霽望五老峯圖○靡麗則戴逵有南朝貴戚圖○宋袁倩有丁貴彈曲項琵琶圖○唐周昉有楊妃架雪衣女亂雙陸圖○風俗則南齊毛惠遠有剡中溪谷村墟圖○陶景貞有永

嘉居邑圖○楊契丹有長安車馬人物圖○唐韓滉有堯民擊壤圖此雖不能盡述但畧載其爲可鑒戒者當與六籍並傳云

畫訓

郭熙

君子之所以愛夫山水者其旨安在丘園養素所常處也泉石嘯傲所常樂也漁樵隱逸所常適也猿鶴飛鳴所常觀也塵囂韁鎖人情所常厭也烟霞仙聖人情所常願而不得見者也直以太平盛日君親之心兩隆苟潔一身出處節義未著斯豈仁人高蹈遠

引故爲離世絕俗之行必與箕潁埒素黃綺同芳哉白駒之詩紫芝之詠皆不得已而長往者也然則林泉之志烟霞之侶夢寐在焉耳目斷絕今得妙手鬱然出之不下堂筵坐窮泉壑猿聲鳥音依約在耳山光水色滉漾奪目此豈不快人意蕪襟神觀瀾濁清風者云哉

凡畫山水有體鋪舒爲宏圖而無餘消縮爲小景而不少看山水亦有體以林泉之心臨之則價高以驕侈之目臨之則價低

山水大物也鑒者須遠觀方見一障山川之形勢氣象若士女人物小景即掌中几上一覽便盡此看畫之法也

世之篤論謂山水有可行者有可望者有可游可居者畫凡至此皆入妙品但可行可望不如可游可居之爲得觀今山川地占數里可游可居之處十無三四而必取可游可居之品君子之所以渴林泉者正謂佳處故也故畫者當以此意造而鑒者又以此意品此之謂不失其本意

畫亦有相法。李成子孫昌盛。其山腳地面渾厚闊大。上秀而下豐。人之有後之相也。非必論相。兼理當如此故也。人之學畫。無異學書。今取鍾王虞柳。朝夕臨摹。久必入其彷彿。至於大人達士。不局于一家。必兼收並覽。廣議博考。以自成一家。然後爲得。今齊魯之士。難摹營丘。關陝之士。難摹范寬。一己之學。猶爲蹈襲。況齊魯關陝。幅員數千里。豈能州州縣縣。人人作之哉。專門之學。自古爲病。正謂出於一律。人之耳目厭常喜新。大人達士。故不局於一家者此也。

柳子厚善論爲文，余以爲不止於文，萬事有訣，盡當如是，況於畫乎？何以言之？凡一景之畫，不以大小多少，必須注精神以一之；不精則神不專。必神與俱成；不俱成則精不明。必嚴重以肅之；不嚴則思不深。必恪勤以周之；不恪勤則景不完。蓋積惰氣而强之者，其迹軟懦而不決，此不注精之病也；積昏氣而汨之者，其狀黯猥而不爽，此神不與俱成之弊也；以輕心挑之者，其形脱略而不圓，此不嚴重之弊也；以慢心忽之者，其體疏率而不齊，此不恪勤之弊也。故不決則失分解法不奏則失瀟灑法不圓則失體裁法。不齊則失緊慢法。此最作者之大病也。然此可與明者道。難與俗人言。郭熙嘗作一二圖。有一時委下不顧。動經一二十日不向。再三體之。是意不欲。意不欲。豈非所謂惰氣者乎。又每乘興得意作。則萬事俱忘。及事忘志撓。外物有一。則亦委而不顧。委而不顧者。豈非所謂昏氣者乎。凡落筆之際。必明牕淨几。焚香左右。精妙筆墨。盥手滌硯。如見大賓。必神閑意定。然後爲之。豈非所謂不敢以輕心挑之者乎。已營之。又徹之已增之。又潤之。一之可矣。又再之。再之可矣。又復之。每一圖必重重複複。終終始始。如戒嚴敵。然後畢。此豈非所謂不敢以慢忽之乎。所謂天下之事。不論大小。例須如此。而後有成。

學畫花者。以一株置深坑中。臨其上而瞰之。則花之四面得矣。學畫竹者。取一枝。因月夜照其影於素壁之上。則竹之真形出矣。學畫山水何以異此。蓋如神遊物象。身即煙霞。則意度自見。真山水之川谷。遠望之以取其深。近遊之以取其淺。真山水之巖石。遠望之以取其勢近看之以取其質真山水之雲氣四時不同春融怡夏蓊鬱秋疎薄冬黯淡畫見大象不為斬刻之形則雲氣之態度活矣真山水之煙嵐四時不同春山澹冶而如笑夏山蒼翠而如滴秋山明淨而如妝冬山慘淡而如睡畫見大意而不為刻畫之迹則烟嵐之氣象正矣真山水之陰晴遠望可盡而近者拘狹則不能得明晦隱見之迹山之人物以標道路山之樓觀以標勝槩山之林木映蔽以分遠近山之谿谷斷續以分深淺水之津渡[illegible]足人事

水之漁艇釣竿以足人意大山堂堂爲衆山之王所以分布。以次岡阜林壑爲遠近大小而宗主之。其象若大君。赫然當陽。而百辟奔走朝會無偃仰背卻之勢。長松亭亭。爲衆木之表所以分布。以次藤蘿草木。爲振挈依附而師帥之其勢若君子軒然得時。而衆小人爲之役使。無憑陵愁挫之態。山近看如此。遠看如此。百數十里。看又如此。每遠每異。所謂山形步步移也。山正面如此。背面如此。側面又如此。每看每異。所謂山形面面看也。如此。是一山而兼百數十山之形狀可得不悉乎。山春夏看如此，秋冬看如此，所謂四時之景不同也。山朝暮看如此，陰晴看如此，所謂朝暮陰晴之變不同也。如此是一山而兼百數十山之意態，可得不究乎。春山烟雲聯綿人欣欣，夏山嘉木繁陰人坦坦，秋山明淨搖落人肅肅，冬山昏霾翳塞人寂寂。看此畫令人生此意，如真在此山中，此畫之景外意也。見青烟白道而思行，見平川落照而思望，見幽人山閣而思居，見嵓扃泉石而思遊。看此畫令人起此心，如將真即其處，此畫之意外妙也。

東南之山多秀異。天地非爲東南私也。東南之地極下。水潦之所歸。以漱濯開露之所出。故其地薄而水淺。山多奇峯峭壁。斗出霄漢之外。瀑布千丈。飛落雲霞之表。非不如華山垂溜之千丈也。如華山者鮮爾。縱有渾厚者。亦多出地上。而非出地中也。

西北之山多渾厚。天地非爲西北偏也。西北之地極高。水源之所出。以岡隴擁腫之所埋。故其地厚而水深。山多堆阜盤礴。連延不斷於千里之外。介丘有頂。逦迤拔萃於四逵之野。非不如嵩山少室之峭拔也。

如嵩少者鮮薾縱有峭拔者亦多出地中而非出地上也

嵩山多好溪華山多好峯衡山多好別岫常山多好列岫泰山特好主峯天台武夷廬霍鴈蕩岷峨巫峽天壇王屋林慮武當皆天下名山巨鎭天地寶藏所出仙聖窟宅所隱奇崛神秀莫可窮極而欲奪其造化則莫神于好莫精於勤莫大於飽游飫看歷歷羅列於胸中而目不見絹素手不知筆墨磊磊落落杳杳漠漠莫非吾畫此懷素夜聞嘉陵江水聲而草聖

益嘉張顛見公孫大娘舞劍器而筆勢益俊者也。今之執筆者。所養之不擴大。所覽之不淳熟。所經之不衆多。所取之不精粹。而得紙拂壁水墨遽下。不知何以能掇景於煙霞之表發興於溪山之顛哉。後生罔悟其病可數何謂所養之不擴大近者畫手有仁者樂山圖。作一叟支頤於峯畔智者樂水圖作一叟側耳於巖前。此不擴大之病也。蓋仁者樂山宜如白樂天艸堂圖。山居之意裕足也。智者樂水。宜如王摩詰輞川圖。水中之樂饒洽也。仁智所樂豈一夫之形狀可見之哉何謂所覽之不淳熟近世畫手畫峯則不過三峯五峯水則不過三波五波此不淳熟之病也蓋畫山高者下者大者小者春脉向背顛頂朝揖其體渾然相應則山之美意足矣畫水齊者汨者卷而飛激者引而舒長者其狀宛然自足則水之富態贍矣何謂所經之不衆多近世畫手生吳越者寫東南之聳瘦居咸秦者貌關隴之壯浪學范寬者乏營丘之秀媚師王維者缺關隴之風骨凡此之類咎在所經之不衆多也何謂所取之不精粹千里之山不能

畫奇百里之水豈能盡奇乎太行枕華夏而面目者林慮泰山占齊魯而勝絕者龍嵓一概畫之版圖何異凡此之類咎在所取之不精粹也故專於坡陀失之麤專於幽閑失之褊專於人物失之俗專於樓觀失之冗專於石則骨露專於土則肉多筆迹不渾成謂之疎疎則無真意墨色不滋潤謂之枯枯則無生意水不潺湲謂之死水雲不自在謂之凍雲山無明晦謂之無日影山無隱見謂之無煙靄今山日到處明不到處晦山因日影之常形也明晦不分焉故曰無

日影令山烟靄處隱不到處見山因烟靄之常態也隱見不分焉故日無烟靄

山大物也其形欲聳拔欲偃蹇欲軒豁欲箕踞欲盤礴欲渾厚欲雄豪欲精神欲嚴重欲顧盼欲朝揖欲上有蓋欲下有乘欲前有據欲後有倚欲下瞰而若臨觀欲上游而若指麾此山之大體也

水活物也其形欲靜深欲柔滑欲汪洋欲迴環欲肥膩欲噴礴欲激射欲多泉欲遠流欲瀑布插天欲濺撲入地欲漁釣怡怡欲草木欣欣挾烟雲而秀媚聯

溪谷而光輝。此水之活體也。

山以水為血脈，以艸木為毛髮，以烟雲為神彩。故山得水而活，得艸木而華，得烟雲而秀媚。水以山為面，以亭榭為眉目，以漁釣為精神。故水得山而媚，得亭榭而明快，得漁釣而曠落。此山水之布置也。

山無烟雲，如春無花艸。無葉則不秀，無水則不媚，無道路則不活，無林木則不生。

山有高有下。高者血脈在下，其肩股張開，基脚壯厚，巖岫岡巒，勢相培擁，勾連映帶，不絶。此高山也。故如是高山謂之不孤謂之不作下者血脈在上其巔半落項領相攀根基龐大堆阜擁腫直下深插莫測其端此淺山也故如是淺山謂之不薄謂之不泄高山而孤體幹有什之理淺山而薄神氣有泄之理此山水之體裁也

石者天地之骨也骨貴堅深而不淺露水者天地之血也貴周流而不凝滯山有三遠自山下而仰山巔謂之高遠自山前而窺山後謂之深遠自近山而望遠山謂之平遠無深遠則淺無平遠則近無高遠則下

高遠之色清明深遠之色重晦平遠之色有明有晦高遠之勢突兀深遠之意重疊平遠之意冲融而縹縹緲緲其人物之在三遠也高遠者明瞭深遠者細碎平遠者冲澹明瞭者不短細碎者不長冲澹者不大此三遠也

山有三大山大於木木大於人山不百數十如木之大則山不大木不百數十如人之大則木不大木之所以比夫人者先自其葉而人之所以比夫木者先自其頭木葉若干可以敵人之頭人身若干可以方

比於木則人之大小木之大小山之大小自此而皆
中程度此三大也
山欲高盡出之則不高烟霞鎖其腰則高矣水欲遠
盡出之則不遠掩映斷其派則遠矣山因藏其腰則
高山不藏腰不惟不高且無秀拔兼何異碓嘴之形
水因斷其灣則遠水不斷灣不惟不遠且無盤折兼
何異蚯蚓之似
正面溪山盤折委曲鋪設而景不厭其詳所以足人
目之近尋傍邊平遠嶠嶺重疊勾連縹緲而去不厭

其遠所以極人目之曠望

遠山無皴。遠水無波。遠人無目。非無也。如無耳。

畫意

郭熙

世人止知落筆作畫。卻不知畫非易事。莊子謂畫史解衣盤礴。此真得畫家之法。須養得胸中寬快。意思悅適。如所謂易直子諒油然之心生。則人之笑啼情狀。物之尖斜偃蹇。自然布列於心中。不覺見之於筆下。晉顧愷之必構層樓以爲畫所。此真古之達士。不然則志氣鬱湮。局在一曲。如何得寫貌物情。攄發人思哉如工人斲琴得嶧陽桐絲巧手妙意洞然于中則樸材在地枝葉未拔而雷氏成琴已脫然在目其意煩體悴拙嘗悶嘿之見鋸鑿利乃不知[redacted]手之處焉得焦尾玉磬揚音於清風流水哉更如[redacted]人言詩是無形畫畫是有形詩哲士多談吾人[redacted]今佳什有道語人腹中之事裝出人目前之景不因靜居燕坐明窗淨几一炷爐香萬慮消沈則幽情真趣豈易品藻及乎境界已熟心手已應方始縱橫中度左右逢原世人將率意觸情草草便得因記古人清篇

秀句有發於佳思者則雖一聯半語錄之亦可備觀則古今名筆。情思過半矣。如女兒山頭春雪消路傍山杏發柔條。心期欲去知何日。惆悵回車下野橋。○獨訪山家歇還涉。茅屋斜連隔松葉。主人聞語未開門。遶籬野菜飛黃蝶。○南遊兄弟幾時還。知在三湘五嶺間。獨立衡門秋水濶。寒鴉飛盡日沉山。○釣罷孤舟繫葦梢。酒開新甕鮓開包。自從江浙為漁父。二十餘年手不抜。○舍南舍北皆春水。但見群鷗日日來。○渡水蹇驢雙耳直。避風羸僕一肩高。○行到水

窮處坐看雲起時○六月秋來不路午時多處驟
潺潺○數聲離岸櫓幾點別洲山○遠水兼天淨孤
城隱霧深○犬眠花影地牛牧雨聲坡○密竹滴殘
雨○高峯留夕陽○天遥來雁小○江闊去帆孤○雪意
未成雲着地秋聲不斷雁連天○相看臨遠水○獨自
坐孤舟○谿雲初起日沈閣山雨欲來風滿樓○一
水護田將綠遶兩山排闥送青來○沙岸江村近松
門山寺深○疎簾看雪捲○野寺山邊斜有徑漁家
竹裏半開門○古樹老連石急泉清露沙○雪埋寒

樹短雲壓夜城低。泉聲到池叢山色上樓多。亂山藏古寺。野水無人渡。孤舟盡日橫。

畫之爲用大矣。盈天地間萬物纖悉。含毫運思。能曲盡其態者。止一法耳。一者何。曰傳神而已矣。世徒知人之有神。而不知物之有神。此郭若虛深鄙衆工。雖曰畫而非畫者。蓋止能傳其形。而不能傳其神也。故畫法氣韻生動爲第一。良有以哉。

畫題　　郭熙

世說所載戴安道就范宣之讀書。安道學畫。宣以爲無用而不害。安道迺取南都賦爲宜畫，賦內前代衣冠、宮室、人物、鳥獸、艸木、山川，莫不畢具，而一一有所證據。徵攷宜始躍然。曰：畫之爲有益如是。然後重畫。然則自古帝王、名公、鉅儒，相襲而畫，皆有所爲而作也。如成都周公禮殿，有晉州刺史張牧畫三皇五帝三代至漢以來君臣賢聖人物，粲然滿殿，令人識萬古禮樂。故王右軍恨不克見，而逮今爲寶。則世之俗工下隸，矜眩細巧，又豈知古人於畫事別有意旨哉。郭熙爲試官，嘗出堯民擊壤題，其間人物，御作今人

市儈此不學之弊不知古人作畫之大意也

作畫先命題爲上品。胸次寬闊。自然合古人意趣。無題便不成畫。更要記春夏秋冬。各有初終曉暮品意物色。便當分解。况其間各有趣哉。其他不消拘四時。而經史諸子中故事。又各從時所宜者爲可。如春有

早春曉景○早春晚景○早春雪景○早春雨景○

早春殘景○早春雨霽○早春雪霽○早春烟雨○

早春寒雲○早春烟靄○春雲欲雨○春風春雨○

斜風細雨○春山明麗○滿溪春溜○春雲出谷○

春雲白鶴非謂如白鶴形也謂如飛鶴之飆揩耳皆春題也

夏有夏山晴霽○夏山風雨○夏早山行○夏山早行○夏山林館○夏山林木怪石○夏山平遠○夏山松石平遠○夏山雨過平遠○夏雨山行○濃雲欲雨○驟風急雨○夏山雨罷雲歸○夏山谿谷藏瀑○夏山烟曉○夏山烟晚○夏日山居○夏雲多奇峯皆夏題也

秋有初秋雨過○平遠秋霽○秋山雨霽○秋風雨霽○秋雲下隴○秋烟出谷○秋風欲雨又曰西風欲雨○

秋風細雨○西風驟雨○秋晚烟嵐○秋山晚意○秋山晚照○秋晚平遠○遠水澄秋○疎林秋晚○秋景林石○秋景松石皆秋題也

冬有寒雲欲雪○冬陰密雪○冬陰霰雪○朔風飄雪○山澗小雪○迴谿遠雪○雪後山家○雪中漁舍○艤舟沽酒○踏雪遠沽○雪谿平遠○風雪平遠○絕澗雪松○松軒醉雪○水榭吟人皆冬題也

曉有春曉○秋曉○晴曉○雨曉○雪曉○烟嵐○春靄○朝陽皆曉題也

晚有春山晚照○雨過殘雪○晚山殘照○疎林晚照○平川返照○遠水晚晴○暮山烟靄○僧歸蕭寺○客到酒家皆晚題也

松有雙松○三松○五松○六松○喬松○一望松皆祝壽用郭熙嘗作連山一望松爲文潞公壽以二尺餘小絹作之老人倚杖巖前一大松下自此後作無數松大小相亞轉嶺下澗幾千百松一望不斷平昔未嘗如此布置取公子孫連綿公相之義此外有所謂青松春松長松皆隨題賦景非可以執一論也

木有怪木〇古木〇老木〇垂岸怪木〇垂崖古木

石有怪石松石怪石兼松者也雲林石林木兼之秋江怪石怪石之在江岸者參化蕭疎之處亦可作一二遠近映帶松石平遠此小景也作平遠于松石旁松石要大平遠要小松石濺瀑作濺瀑於松石邊松石要凝重聳瀑要飛動亦小景也當以大素分別淺深高下

雲有雲橫谷口〇雲出巖間〇白雲出岫〇輕雲下嶺

烟有烟橫谷口〇烟生亂山〇暮靄平林〇輕烟引素〇春山烟嵐〇秋山煙靄

水有回溪濺挑○雲嶺飛泉○雨中瀑布○雲中瀑布○烟溪瀑布○遠水鳴榔○雪溪釣艇

襍有水林漁舍○憑高觀濤○平沙落鴈○溪橋酒家○橋彴樵蘇皆襍題也

畫格拾遺　郭熙

早春曉煙驕陽初蒸晨光欲動晴山如翠曉煙交碧乍合乍離或聚或散變態不定飄飄繚繞於叢林溪谷之間曾莫知其涯際也

風雨水石猛風驟發大雨斜傾瀑布飛空奔湍射石

噴珠濺玉交相濺亂不知其源流之來近遠也
古木平遠層巒羣立怪木斜欹影浸寒流根蟠崖岸
輪囷離奇狀不可得而名也
烟生亂山平遠亂山如幾百里烟嵐聯綿亂山叢雜
矮林小寺閒見擁映看之令人意興無窮亦人之所
後人家佛廟津渡橋彴纔分脉絡佳思麗景不可殫
述惟略於濃嵐積翠之間以朱色而淺深之自大山
腰横抹以旁達於向後平遠林莽烟雲縹緲一帶之
土朱絲相異色而輕重隱没相得畫出山中一番曉

意可謂奇作

西山走馬其山作秋意於深山中數人驟馬出谷口内一人墜馬人馬不大而人氣如生諭躁進者如此自此而下乃一長板橋有皂幘數人乘款段而來喻恬退者如此又於峭壁之隈青林之陰半出一野艇艇中蓬庵庵中酒槍青帙庵前一人露頂坦腹吸茗仰看白雲俯聽流水其優遊之象舟側一夫理楫斯則又高矣　以上皆郭熙作

六如唐先生畫譜卷之一　終

六如唐先生畫譜卷之二

吳趨唐　寅伯虎輯

吳郡何大成君立校

山水訣　　王　維

夫畫道之中。水墨爲上。肇自然之性。成造化之功。咫尺之圖。寫千里之景。東西南北。宛然目前。春夏秋冬。生于筆下。先立主賓之位。次定遠近之形。然後穿鑿景物。擺布高低。筆無令太重。重則濁而不清。不可太輕。輕則燥而不潤。烘染過度則不接。碎綽絮繁則失稀發椏枝左長右短立石勢上重下輕擺布栽插勢使相偎上下雲烟取秀不可太多多則散漫左右林麓鋪陳不可太繁繁則泊塞初舒水際忌為浮泛之山次布路岐莫作連綿之道主山最宜高聳客山須要奔趨山須高峻無使傾危水須深遠勿教窮涸路要曲折山要高低孤城置之遠邊墟市依於山腳雪天不用雲烟雨裏無多遠近山舍仍居隘窄漁翁要在半灘朝晴晃朗暮雨昏陰舍屋不在多間漁釣有累石常藤依纏古木[illegible]叢簇削山頭高山雲鎖其

腰長嶺雲翳其腳遠水縈紆而來還用雲烟以斷其。派。怪石巉岩而立。仍須土阜以培其根。石頭圓渾。鋒芒八面稜層。木要交叉。挺幹四特枯茂。迅風拔木暴雨崩崖。淺流則岸畔平灘。深澗則陡崖直下。聳陂之上。必要高低。則地淺烟林之木。亦宜疏。密則繁重岩切忌頭齊。羣峯布宜高下。孤峯遠設。對水遥施。路道時隱時顯。橋梁或有或無。遠怕陰濃。近嫌重濁。顛崖怪石。不用頻施。峻嶺枯槎。也宜少作。遥烟遠曙。太繁恐失朝昏。密樹稠林。斷續防他版刻。山原峻險依

稀樵徑猶存崖岸漁舟隱約雲林深臟平川山遠參
差皴染而成流水泉源彷彿遥多顛撲布兩路有明
有晦起雙峯陟高陟低霧薄雲爽欲晴烟靄朦朧欲
雨喬木聳直蟠屈者一株兩株亂石礧堆奇恠者三
塊兩塊點樹葉稀疎間密皴石脉以重分輕回抱處
僧舍可安水陸邊人家可置村庄着數樹以成林枝
須抱體山崖合一水而垂瀑泉不亂流渡口只宜寂
寂行人須是疎疎泛舟楫之橋梁且宜高聳着漁人
之釣艇低也無妨懸崖險峻之間好安恠水峭壁巉

鈎鎖處取出泉源於中蹊接危時棧道可安其處平地樓臺偏宜高樹駁入家。名山寺觀雅稱奇松襯樓閣。遠景煙籠。深巖雲鎖。酒旗當路高懸。客帆遇風張挂。近樹惟宜板逆。遠山莫要安排。亭庵不在常施。樓觀仍須閒作。人物鋪擁多般。野舍猶防相似。氣象則春山明媚。夏木繁陰。秋林揺落。蕭疎冬樹槎牙。妥帖樹根栽插。龍爪宛若扒拏。石布稜嶒。根脚還須帶土。之字水不過三轉。濺瀑水不過兩重。侵天一道飛泉。湧瀑多端徹底。飜濤巨浪。浅瀨平流。煙波茫茫。雲江

浩浩山無獨木石不孤單林烟一帶便休古木數株
而已喬木扶疎平野矮窠密布山頭孤烟遠似水邊
薄霧聯依岩腳野橋寂寞遥通竹塢人家古寺蕭條
掩映松林佛塔春水綠而瀲灔夏澤漲而瀰漫秋潦
盡而澄清寒泉涸而凝泚新窠肥潤岸石須要皴蒼
古樹楂枒景物兼還秀媚分清分濁庶幾輕重相兼
淳重淳厚瘦在偏枯損體山高水小千岩萬壑要低
昂聚散之不同疊巘層巒但起伏峥嶸而各異不迷
顛倒回還自然遊戲三昧心潛歲月之久自能探索

玄微悟理者不在多言學之者還從規矩

山水賦

荆浩

凡畫山水。意在筆先。丈山尺樹。寸馬豆人。此其法也。遠人無目。遠樹無枝。遠山無皴。高與雲齊。遠水無波。隱隱似有。此其式也。山腰雲塞。石壁泉塞。樓臺樹塞。道路人塞。石分三面。路分兩岐。樹看頂頸。水看岸基。此其訣也。凡畫山水。尖峻（一作峭拔）者峯。平夷者嶺。峭壁者崖。有穴者岫。圓形者巒。懸石者巖。兩山夾水者澗。夾路者壑。水注川者溪。泉通川者谷。路下平土山者坡似土而高者阪（一作極目而平者阪）若能辨別乎此則知山水之彷彿也。觀者先看氣象。後辨清濁。定衆峯之揖拱。列群岫之威儀。多則亂。少則慢。不多不少。要分遠近。遠山不得連近山。遠水不得連近水。山要迴抱。水要縈迴。茂林古寺。樓觀可安。斷岸頹堤。小橋宜置。有路處人行。無路處林木。岸絕處古渡。山絕處荒村。水闊處征帆。林密處店舍。懸崖古木。根露而藤纏。臨流惟石。嵌空而水痕。凡作林木。遠則疎平。近則森密。有葉者枝柔。無葉者枝硬。松皮似鱗。栢皮纏身。生於土

者修長而勁直長於石者拳曲而伶仃古木節多而
半死寒林參差以蕭森凡畫山水須按四時春景則
霧鎖煙橫樹林隱隱山色堆青遠水拖藍夏景則林
木蔽天綠蕪平阪（一作綠水無波）倚雲瀑布近水幽亭秋景
則水天一色霞鶩齊飛（一作簇簇）疏林鴈橫煙塞蘆渚沙汀
冬景則即地爲雪水淺沙平凍雲匝地酒旗孤村漁
舟倚岸樵者負薪風雨則不分天地難辨東西行人
傘笠漁父蓑衣有風無雨枝葉斜披有雨無風枝葉
下垂雨霽則雲收天碧薄霧霏微山光淺翠網曬斜

慚曉景則千山（一作門）欲曙輕霧霏霏朦朧殘月氣象昏微暮景則山啣落日犬吠疎籬僧投遠寺帆卸江濱行人歸急半掩柴扉或烟斜霧橫或遠岫雲歸或秋江古渡（一作晚）或荒塚斷碑或洞庭春色或瀟湘霧迷如此之類謂之畫題筆法布置更在臨時山形不得重犯樹頭不得整齊樹藉山以為骨山藉樹以為衣樹不可繁要見山之秀麗山不可亂要顯樹之光輝若能留意於此頗心會於玄微

意懶不不便心怯不不畫筆然樹不不空濃雲不輕

畫說　　荆浩

靈臺記。整精緻。朝洗筆。暮出顏。勤洗硯。習楷截。學梳渲。漫點畫。烘天青。潑地綠。上墨竹。賀松熟。哀寫梅人闌蕭。湛稍勻。勺鏇鍬。文膠水。夏膠漆。將無項。女無肩。佛秀麗。淡仙賢。神雄偉。美人長。宮樣妝。坐看五。立量七。若要笑。眉彎嘴撓。若要哭。眉鎖愁。氣努狠。眼張拱。愁的龍。現升降。嘯的風。雲騰翔。哭的獅。跳舞戲。龍的甲。却無數。虎尾點。十三斑。人徘徊。山賓主。樹參差。水曲折。虎威勢。禽噪宿。花馥郁。蟲捕捉。馬嘶蹶。牛行臥。

藤點做草書率。紅間黄。秋葉墮。紅間綠。花簇簇。青間紫。不如死。粉籠黄。勝增光。千思慽。不如見。色施明。物件便。

山水節要　　　　荊浩

夫山水迺畫家十三科之首也。有山巒柯木水石雲烟泉崖溪岸之類。皆天地自然造化。勢有形格。有骨格。亦無定質。所以學者初入艱難。必要先知體用之理。方有規矩。其體者。迺描寫形勢骨格之法也。運於胸次。意在筆先。遠則取其勢。近則取其質。山立賓主。

水注往來，布山形，取勢向，分石脉，置路灣，模樹柯，安坡腳。山知曲折，巒要崔巍，石分三面，路看兩岐，溪澗隱顯，曲岸高低，山頭不得重犯，樹頭切莫兩齊，在乎落筆之際，務要不失形勢，方可進階，此畫體之訣也。其用者，乃明筆墨虛皴之法，筆使巧拙，墨用重輕，使筆不可反為筆使，用墨不可反為墨用。凡描枝柯、葦草、樓閣、舟車之類，運筆使巧；山石、坡崖、蒼林、老樹，運筆宜拙。雖巧不離乎形，固拙亦存乎質。遠則宜輕，近則宜重。濃墨莫可復用，淡墨必教重提，悟理者不在多言學者要從規矩。又古有云。丈山尺樹。寸馬豆人。遠山無皴。遠水無痕。遠林無葉。遠樹無枝。遠人無目。遠閣無基。雖然定法。不可膠柱鼓瑟。要在量山察樹。忖馬度人。可謂不盡之法。學者宜熟味之。

畫訣

黃子久

凡經營下筆。必全天地。何謂天地。謂一幅半尺之上。上留天之位。下留地之位。中間方立意定景。見世之初學。據巳下筆。率爾觸情。塗抹滿幅。看之塡塞人目。巳令人意不快。那得取賞於瀟湘。見情於高大哉。

處袋中置描筆或於好景處見樹有怪異便當模寫記之分外有發生之意登樓望空闊處氣韻雲采即是山頭景物李成郭熙皆用此法郭熙畫石如雲古人云天開圖畫是也

山水先理會大山爲主峯主峯已定方作以次近者大者遠者小者以其一境主之於此故曰主峯如君臣上下也

山頭要折搭轉換山脉皆順此活法也衆峯如揖遜萬樹相從如大軍領卒森然有不可犯之勢此寫真

山之形也。

山腰生雲氣，見得山勢高不可測。

水出高源，自上而下，切不可斷派，要取活流。

林木先理會一大松，名爲家老。家老已定，以次方作襍窠小卉女蘿碎石，以具一山之表，故曰家老如君子，小人也。

山有戴土，山戴石，山土山戴石，林木瘦聳；石山戴土，林木肥茂。木有在山，木在水，木在山者，土厚之處，有千尺之松；在水者，土薄之處，有數寸之蘖。水有流水，

石有盤石瀑布練飛於林表怪石虎踞於路隅
大松大石必盡於大岸大坡之上不可作於淺灘平
渚之邊
松樹不見根喻君子在野襍樹喻小人崢嶸
雨有欲雨大雨雨霽雪有欲雪大雪雪霽風有急風
大風雲有輕雲歸雲大風有吹沙走石之勢輕雲有
店舍依溪不依水衝依溪以近水不依水衝以爲害
或有依水衝者必水之無害也村落依陸不依山依
陸以便耕不依山以爲耕遠或有依山者必山有可

耕之處也

山坡中置屋舍水中置小艇從此有生氣

山下有潭謂之瀨此甚有生意四邊用樹簇之

山水中惟水口最難畫

樹要有身畫家謂之紐子要折搭得分中各要有發生要偃仰稀密相間有葉枝軟面後須有仰枝大槩要塡空小大偃仰疎密向背濃淡各要得中不可少有相犯若畫得純熟自然筆法出現

石無十步真石看三面用方圓之法須方多圓少

畫一樹一石當逸墨撇脫有士人家風纔多便入畫工之流。

畫當得天趣爲妙。先求一敗牆。張絹素倚牆上。朝夕觀之。既久隔素見敗牆之上。高平曲折。皆成山水。心存目想。神領意造。恍然見其有人禽草木飛動往來於陵谷溪澗。或顯或晦。隨意命筆。自然景皆天就。不類人爲。活筆。

六法三品　　謝赫

畫有六法三品。一曰氣韻生動。二曰骨法用筆。三曰應物寫形。四曰隨類傳彩。五曰經營位置。六曰傳模移寫。六法精論。萬古不移。自骨法用筆以下五法。可學而能。如其氣韻。必在生知。固不可以巧密得。復不可以歲月到。默契神會。不知然而然也。故氣韻生動。出於天成。人莫窺其巧者。謂之神品。筆墨超絕。傳染得宜。意趣有餘。謂之妙品。得其形似。而不失規矩。謂之能品。

六要六長　　劉道醇

畫之訣。在乎明六要。而審六長。所謂六要者。氣韻兼力一也格制俱老二也變異合理三也彩繪有澤四也去來自然五也師學捨短六也所謂六長者麄鹵求筆一也僻澀求才二也細巧求力三也狂怪求理四也無墨求染五也平畫求長六也既明六要又審六長自然至於知機

三病　　　　郭若虛

畫有三病皆繫用筆一曰板二曰刻三曰結板者腕弱筆癡全虧取與物狀平褊不能圓混刻者用筆中疑心手相戾勾畫之際妄生圭角結者欲行不行當

散不散似物凝礙不能流暢未窮三病徒舉一隅畫者鮮克用心觀者當煩睚眦

十二忌　饒自然

畫有十二忌一曰布置迫塞凡畫山水必先置絹素於明靜之室伺神閑意定然後入思小幅巨軸隨意經營若障過數幅壁過十丈先以竹竿引炭朽布山谿樹石樓閣人物大小高低一一位置然後立於數十步之外詳審締觀自見其可否將淡墨約定謂之小落筆然後肆志揮灑無不得宜米元若所謂盤礴

畊硯意在筆先之謂也亦須上下空濶四傍疏通處幾瀟灑若充塞滿腹便不風致此第一事也二曰遠近不分作山水先要分遠近使高低大小得宜古人雖云丈山尺樹寸馬豆人此特約畧耳若拘此說假如一尺之山當作幾大人物爲是蓋近則坡石樹木當大屋宇人物稱之遠則峯巒樹木當小屋宇人物稱之極遠不可作人物墨則遠淡近濃逾遠逾淡不易之論也三曰山無氣脉畫山於一幅之中先作一山爲主卻從主山分布起伏餘山皆氣脉連接形勢

映帶如山頂層疊下必有數重腳方盡得佳凡多山頂而無腳者大謬也此全景之大義也若夫透角不在此限四曰水無源流泉必於山峽中流出頂上有山數重則其源高遠平溪小澗必見水口寒灘淺瀨必見跳波乃活水也間有畫一摺山便畫一派泉如架上懸巾絕爲可笑五曰境無夷險古人布境不一有崒嵂者有平遠者有縈廻者有空闊者有層疊者或多林木亭館或多人物船舫屏遇一圖必立一意若大障巨軸悉當如之六曰路無出入山水貫串遠

近全在徑路分明或林下透見而水末復出或巨石遮斷、而林瑯半露或隱坡隴以人物點之、或近屋宇。以竹木藏之、庶幾有不盡之意。七曰石止一而。各家畫石。皴法不一。當各隨所學一家為法須要有頂有脚。分稜而為佳。八曰樹少四枝。前代畫樹有法。大槩生崖壁者多纏錯。生坡隴者多高直。干霄多頂。近水多根。枝幹不可分左右。須當關作正背。葉有單筆雙筆。更分榮悴。乃按四時。九曰人物偃僂。山水人物各有家數。描畫者眉目分明。點鑿者筆力蒼古。必皆衣冠軒冕意態閑雅。古人所作可法。切不可以行者望者負荷者鞭策者一例作傴僂之狀。則僞甚矣。此狂縱之習。可不慎歟。十曰樓閣錯雜。界劃雖末科。然重樓疊閣。方寸之間。而向背分明。桷榱拱接。而不離乎繩墨。此爲最難。或論江村山塢。間作屋宇者。可隨處立向。雖不用尺。其制一以界劃之法爲之。十一曰滃淡失宜。下墨不論水墨設色金碧。即以墨濡滃淡。須要淺深得宜。如晴景空明。雨夜昏蒙。雪景精明。不可與雨霧烟嵐相似。青山白雲。止當於夏秋之景爲之。

十二曰點染無法謂設色金碧各有重輕輕者山用螺青樹石用合綠染爲人物不用粉襯重者山用石青綠并綴樹石爲人物用粉襯金碧則下筆之時其石便帶皴法當留白面卻以螺青合綠染之後再加以石青綠逐摺染之間有用石青綠皴者樹葉多夾筆則以合綠染再以石青綠金泥則當於石脚沙嘴霞彩用之此一家只宜朝暮及晴景乃照耀陸離而明艷如此也人物樓閣雖用粉襯亦須清淡除紅葉外不可妄用朱金丹青之屬方是家數如唐李將軍

父子宋董源王晉卿趙大年諸家可法。日本國畫常犯此病。前人已曾識之。不可不講。

書畫一法　饒自然

古人云。畫無筆跡。如書家之藏鋒。元趙孟頫自題巳畫云。石如飛白木如籀。寫竹應須八法通。王紱亦云。畫竹之法。幹如篆。枝如艸。葉如真。節如隸。所謂書畫一法信乎。

六如唐先生畫譜卷之二　終

六如唐先生畫譜卷之三

吳趨唐　寅伯虎輯
吳郡何大成君立校

畫龍輯議

董羽

畫龍者得神氣之道也神猶母也氣猶子也以神召氣以母召子孰敢不至所以上飛於天蟠隔層雲下藏於淵深入無底人不可得而見也古今圖畫者角難推其形貌其狀乃分三停九似而已自首至項自項至腹自腹至尾[illegible]停也九似者頭似牛觜似驢眼

似蝦角似鹿耳似象鱗似魚鬚似人腹似蛇足似鳳是名爲九似也雌雄有別雄者角浪凹峭目深鼻豁鬚尖鱗密上壯下殺朱火熚熚雌者角靡浪平目肆鼻直鬣圓鱗薄尾壯於也　龍開口者易爲巧合口者難爲功但要揮毫　隨筆而生筋骨精神竹出爲佳貴乎血目生威朱鬚激發鱗介藏爛鬃鬣肘毛爪牙嘷伏其雨露踴躍騰空點其目而飛去若張僧繇葉公則其人也

寫象秘訣

王思善

凡寫像須通曉相法蓋人之面貌部位與夫五岳四瀆名各不侔自有相對照處而四時氣色亦與彼方吁噫談論之間本真發見我則靜而求之默識於心閉目如在目前放筆如在筆底然後以淡墨霸定逐旋積起先蘭臺庭尉次鼻準鼻準既成以之爲主若山根高取印堂一筆下來如低取眼堂邊一筆下來或不高不低在乎八九分中側邊一筆下來次人中次口次眼堂次眼次眉次額次頰次髮際次鬚次鬢次頭次打圈打圈者面部也必宜如此一一對去庶

幾無纖毫遺失。近代俗工。膠柱鼓瑟。不知變通。必欲其正襟危坐。如泥塑人。方乃傳寫。因是萬無一得。此又何足怪哉。吁吾不可奈何矣。

采繪法　王思善

凡面色。先用三朱膩粉方粉藤黃檀子土黃京墨合和。襯底上面。仍用底粉薄籠。然後用檀子墨水斡染。面色白者。粉入少土黃胭脂。不用胭脂。則入三朱紅。或入少土朱。紫堂老者。粉檀子老青。入少胭脂。黃者。粉土黃。入少土朱。青黑者。粉入檀子土黃。老青各一二點粉薄罩檀墨幹以上看顏色淸濁加減用又不可執一也。

口角胭脂淡。如要帶笑容。口角兩筆略放起。○眼中白染瞳子外兩筆。次用烟子點睛。墨打圈。眼[illegible]微起有摺便笑。○口唇上胭脂暈。○鼻色紅。胭脂微抹。○面雀班。淡墨水幹。麻。檀水幹。○鬚色墨者。依鬚髮渲紫者檀墨間渲。黄紅者。藤黄檀子渲。○髮先用墨染次用烟子渲。有間渲排渲亂渲。當自取用。○手指甲凡用胭脂染。次用粉染根。

凡染婦女面色臙脂粉襯薄粉籠淡極墨幹
凡染法白紙上先染後罩粉然後再染提擬絹則先
襯背後

調合服飾器用顏色　王思善

緋紅用銀朱紫花合(緋)桃紅用銀朱臙脂合(肉)肉紅
用粉為主入胭脂合(柏)柏綠用枝條綠入漆綠合(黑)
黑綠用漆綠入螺青合(柳)柳綠用枝條綠入槐花合
○官綠即枝條綠○鴨綠用枝條綠入高漆合○月
下白用粉入京墨合○鵝黃用粉入槐花合○柳黃

用粉入三綠標并少藤黄合○礡褐用粉入煙合○
荆褐用粉入槐花螺青土黄標合○艾褐用粉入槐
花螺青土黄檀子合○鷹背褐用粉入檀子煙墨土
黄合○銀褐用粉入藤黄合○珠子褐用粉入藤黄
胭脂合○藕絲褐用粉入螺青胭脂合○露褐用粉
入少土黄檀子合(茶)茶褐用土黄為主入漆綠煙墨
槐花合(麝)麝香褐用土黄檀子入煙墨合○檀褐用
土黄入紫花合(山)山谷褐用粉入土黄標合○枯竹
褐用粉土黄入檀子一點合(四)湖水褐用粉入三綠

合○葱白褐用粉入三綠標合○梨褐用粉入土黄
銀朱合○秋茶褐用土黄三綠入槐花合○油裹墨
用紫花土黄煙墨合○玉色用粉入高三綠合○駝
色用粉淡綠標墨入少土黄合○檏子用粉土黄檀
子入墨一點合○藍青用三青入高三綠合○金黄
用槐花入胭脂粉合○鴉青用蘇青襯螺青罩○鼠
毛褐用土黄粉入墨合○葡萄褐用粉入三綠紫花
合○丁香褐用肉紅爲主入少槐花合○杏子絨用
粉螺青墨入檀子合○檏綾用紫花底紫粉搭花樣

○番皮用土黄銀朱合○鹿胎用白粉底紫花樣○
水獺鼉用粉土黄合○牙笏用粉一點土黄粉凝○
皂鞾用煙黑標○柘木椅用粉檀子土黄煙墨合○
金絲柘同上不入墨○紫袍用三青胭脂合
其餘一一不能備載在對物用色可也

合用顏色細色　王思善

頭青○二青○三青○深中青○淺中青○螺青○
蘇青○二綠○三綠○花葉綠○枝條綠○南綠○
油綠○漆綠○黄丹○飛丹○三硃○土硃○銀硃

○枝紅○紫花○藤黃○槐花○削粉○石榴顆○
綿胭脂○檀子
其檀子用銀朱淺入老墨胭脂合

襯絹色式　王思善

大紅畫用或二朱○大綠三綠或淡綠粉○白韶粉
土粉合○大青螺青粉或靛花青粉○嫩鵝黃槐花
淡粉○老黃淡土黃粉○三青淡青粉○二綠淡綠
粉○桃紅淡脂粉○紫淡青粉

用筆　王思善

使筆不可反爲筆使用墨不可反爲墨用筆墨人之淺近事二者且不知所以操縱又焉得臻於絶妙此亦非難近取諸書法正類此故說者謂王右軍喜鵝意在取其轉項如人之執筆轉腕以結字此正與論畫用筆同世之善書者多善畫由其轉腕用筆之不滯也

山水中用筆法謂之筋骨有筆有墨之分用描處糊突謂之有墨水筆不動描法謂之有筆此畫家緊要處山水樹石皆用此

用墨

王思善

硯用石用瓦用盆用甕片墨用精墨而已不必用東川與西山筆用尖者圓者麤者細者如針者如刷者運墨有時而用淡墨用濃墨用焦墨用宿墨用退墨用廚中埃墨有時而取青黛襍墨水不一而足則不一而得用淡墨六七加而成深雖在生紙墨色亦滋潤而不枯燥李成惜墨如金是也用濃墨焦墨欲時取其垠界非濃焦則松稜石角不瞭然然後用青墨水疊過之即墨色分明常如霧露中出也淡墨重

疊旋旋而取之謂之幹淡以銳筆橫臥惹而取之謂之皴擦以水墨再三而淋之謂之渲以水墨衮同澤之謂之刷以筆直往而指之謂之捽以筆頭特下而指之謂之擢以筆端而注之謂之點點施於人物亦施於木葉筆引筆去之謂之畫畫施於樓閣亦施於松斜雪色用濃淡墨故作墨之色不一而足亦不一而得

染煙色就縑素本色縈拂以淡水而痕之不可見筆墨迹風色用黃土或埃墨而得之土色用淡墨埃墨

而得之石色用青黛和墨而淺深取之瀑布用縑素本色但焦墨作其傍以得之

畫石之法先從淡墨起可改可救漸用濃者爲上

畫石之妙用藤黄水浸入墨筆自然色潤不可多多則滯筆間用螺青入墨亦妙畫樹色甚潤好看

吳妝容易入眼便墨七氣

夏山欲雨要帶水筆山上有石小塊堆在上謂之礬頭用水筆暈開加淡螺青又是一般秀潤畫不過意思而已冬景借地爲雪要薄粉暈山頭

水色春綠夏碧秋青冬黑天色春晃夏蒼秋淨冬黯

畫之處所須冬燠夏涼宏堂邃宇畫之志思須百慮不干神盤意豁杜詩所謂五日畫一水十日畫一石能事不受相迫促王宰始肯留真迹斯言得之

皴法　　王思善

山水之法在乎隨機應變先記皴法不雜布置相映與寫字一般以熟爲妙畫山石有披麻皴○亂麻皴○亂雲皴○斧鑿痕皴○亂柴皴○芝蔴皴○雨點皴○骷髏皴○鬼皮皴○彈渦皴○有濃墨潑墨

頭稜面用筆有老潤者有帖潔者描人物有鐵線筆蘭花葉一作筆遊絲筆戰筆亦各師一家但調暢勁健爲妙也

董石謂之麻皮皴坡脚先向筆畫邊皴起然後用淡墨　之深凹處着色不離乎此着色要重

董源小山石謂之礬頭山上有雲氣坡脚下多碎石乃金陵山景皴法要滲軟下有沙地用淡墨掃屈曲爲之再用淡墨破

辯古今名畫優劣　王思善

佛道人物士女牛馬近不及古山水林石花竹禽魚古不及近。何以明之。顧愷之陸探微張僧繇吳道玄閻立本。皆純重雅正。性出天然。吳生之作。爲萬世法號曰畫聖。張萱周昉韓幹戴嵩。氣韻骨法。皆出意表。後之學者。終不能到。故曰近不及古。至如李成關仝范寬董源之迹。徐熙黃荃居寀（荃之子）之縱前不藉師資。後無復繼躡。借使二李三王之輩復起。邊鸞陳庶之倫再生。亦將何以措手於其間哉。故曰古不及近。

古畫眞迹難存　　王思善

董源李成皆宋人也所畫猶稀如麟鳳況晉唐名賢真迹其可得見之哉嘗考其故蓋古畫紙絹脆如常舒卷損壞者多或聚於富貴之家一經水火喪亂則舉群失之非若他物猶有散落存者

古畫用筆設色　王思善

古人畫筆法圓熟用意精到墨色俱入絹縷思[redacted]神妙初若率易愈玩愈妍雖年遠破舊精神迥出僞者粉墨皆浮於縑素之上神氣索然今人雖極工緻全無精采一覽意盡殊無可觀

名畫無對軸

王思善

李成范寬蘇東坡米南宮父子皆士夫高尚以畫自娛興適則為數筆豈能有對軸哉今人以孤軸為嫌不足與言畫矣

士夫畫

王思善

趙子昂問錢舜舉曰如何是士夫畫舜舉答曰隸家畫也子昂曰然觀之王維李成徐熙李伯時皆士夫之高尚所畫蓋與物傳神盡其妙也近世作士夫畫者其謬甚矣

無名人畫　　王思善

無名人畫有甚佳者。今人以無名命爲有名。不可勝數。如見牛即說是戴嵩。馬即韓幹。尤爲可笑。

沒骨畫　　王思善

嘗有一圖獨梭絹。乃蜀黃筌畫榴花百合。皆無筆墨。惟有五彩布成榴花。一樹百餘花。百合一本四花。花色如初開。極有生意。信乎其神妙也。

院畫　　王思善

宋畫院衆工凡作一畫。必先呈藁。然後上眞。所畫山

水人物花木鳥獸種種臻妙今
朝廷內畫及民間畫人物皆然

粉本　　　　　　王思善

古人畫槀謂之粉本前輩多寶蓄之蓋其草草不經
意處有自然之妙宣和紹興所藏粉本多有神妙者

御府書畫　　　　王思善

宋徽宗御府所藏書畫俱是御書標題後有宣和年
號玉瓢御寶記之於中多有臨摹者未可盡以為真
惟明昌所題最多具眼者自能別識

畫難題名　　　　　　　　　　　　　　　王思善

米南宮云。范寬師荆浩。王詵嘗以二畫見送。題勾龍爽。因重潰入水。於石上見洪谷子荆浩筆。後於僧房見一山水。與若同。於瀑布邊。題華原范寬。乃少年所作。信荆浩弟子也。以一畫易之收。以示鑒者。以此論之。畫信難題名也。

題跋畫　　　　　　　　　　　　　　　王思善

古人題畫。書於引首後幅後人書題跋亦然故宜稽

閒

雪云畫至元朝遭一劫也

賞鑒

王思善

看畫如看美人。其丰神骨相，有出於肌體之外者。今人看古蹟，必先求形似，次及事實，殊非賞鑒之法也。米元章謂好事家與賞鑒家不同。家多資力，貪名好勝，遇物收置，不過聽聲，此謂好事。若賞鑒則天資高明，多閱傳錄，或有能畫，或深畫意，每得一圖，終日寶玩，如對古人，雖聲色之奉，不能奪也。看畫之法，不可一途而取。古人命意立迹，各有其道，豈拘拘以所見

繩律古人之意哉

燈下不可看畫醉餘酒邊亦不可看畫卷舒不得其法最爲害物

古畫絹色　　王思善

古畫絹色淡墨自有一種古香可愛惟佛像有香煙熏黑者多僞作取香煙濾或用窯煙搗碎煎汁染絹其色黄而不精采古絹自然破者必有鲫魚口須連三四絲不直裂僞作則否真絹一[illegible]

唐絹絲麤而厚或有擣熟者有獨梭絹濶四尺餘者

五代絹極麤如布

宋有院絹勻淨厚密亦有獨梭絹有等極細密如紙者但是稀薄者非院絹也

元絹類宋絹有獨梭絹出宓州有宓機絹極勻淨原是嘉興魏塘宓家故名宓機趙子昂盛子昭王若水多用此絹作畫（宓俗音密）

國朝內府絹與宋絹同兩京亦有好者

裱褙

王思善

古畫不脫不須褙褾蓋人物精神髮彩花之穠艷蜂蝶只在約略濃淡之間一經褙褾多損精神墨迹法帖亦然故紹興裝褫古畫不許重洗亦不許剪刀裁過多褫古厚紙不得揭薄若紙去其半則書畫精神一如摹本矣

檀香辟濕氣畫必用檀軸有益開匣有香而無糊氣又辟蠹也

裝褫

王思善

大整幅上引首三寸〇下引首二寸

小全幅上引首二寸七分〇下引首一寸九分〇經
帶四分〇上褾除打擫竹外淨一尺六寸五分〇下
褙除上軸外淨七寸
一幅半上引首三寸六分〇下引首二寸六分〇經
帶八分
雙幅上引首四寸〇下引首二寸七分〇上褾倫打
擫竹外淨一尺六寸八分〇下褾除上軸外淨七寸
三分
兩幅半上引首四寸二分〇下引首二寸九分〇經

帶一寸二分
三幅上引首四寸四分○下引首三寸一分○經帶
一寸三分
四幅上引首四寸五分○下引首三寸一分○經帶
一寸五分
橫卷褾合長一尺三寸○引首闊四寸五分高者五寸

六如唐先生畫譜卷之三終

ISBN 978-7-5010-6286-7
定價：150.00圓